说英雄·谁是英雄 群龙之首 第贰卷

温瑞安 著

作家出版社

目录·第贰卷

卷中 无敌

○○三·【第七章】醉后各分散
○四一·【第八章】醉枕美人膝
○九五·【第九章】醒握天下权
一三三·【第十章】天仇
一六七·【第十一章】公敌

卷中 无敌

无敌最可怕的当然不是达成"无敌"境界之后的寂寞,而是要达到"无敌"之前的艰辛代价、牺牲挣扎。

第染章 醉后各分散

〇〇四・第一回 你若无心我便休
〇一一・第二回 追欢刹那
〇一六・第三回 入魔瞬间
〇二三・第四回 多情总为无情伤
〇二九・第五回 无爱亦可同交欢
〇三四・第六回 无奈我不忍舍离你

第壹回 你若无心我便休

青春是不经用的东西。人要回忆是因为不再拥有。但人和青春和记忆也都是好玩的东西,因为三件事物都同是那么不受控制、无法操纵。

他要送花。

他今晚忽然有这样的热切,要把自那小女孩小手上接过的花,送给他喜爱的女子。

今晚他要送出这朵花。

送花是一种感情,一种冲动,一种把感情送出去的冲动。

——能接受他这朵花的女子,就算未能接受他的爱,他也会记得她。

记得她一生一世一辈子。

因为今晚他寂寞。

因为今晚他只要一个能欣然接受他这朵花的女子。

接受别人送花是一种感觉,接受一种感觉。

今晚他孤单。

今晚他要送出这朵花。

就在今晚。

今夜。

夜凉如水。

明月皎洁。

在白天,他已唱过了歌、作过了战,走过了风雨飘摇的路;在晚上,他便得要送出手上的花。

和他的寂寞。

在这京华的寂夜里,总有很多个寂寞的人,许多颗寂寞的心吧?

这点确然。

像戚少商这种男人,在奋战时不觉孤单,在拼斗时不怕寥落,可是一旦无意间看到了一朵娇艳的花,蓦然看到一间房里燃起一

盏灯，无由的寂寞便铺天盖地地涌卷而来，吞噬了他，直至没顶，一点余地也不留。

——难怪世上有采花盗：他们大概不止是为尝一个美丽女子的体温而冒险，同时也为分享那一盏灯亮时的温馨和灭时的幽秘而犯难吧？

戚少商当然不是采花盗，他甚至讨厌人采花，好生生、活刺刺的花因一个人稍动心动意便采撷下来，折于喜欢它的人的手上，那是多煞风景的事啊！

可是他手上有花。

——一朵鲜花。

他正要去寻访花的主人。

——可是他自己又知不知道，这京城里、古都中、江湖上、武林间有多少美丽而热诚的女子，都在慕恋着戚少商这个人和他的事迹。她们大都是寂寞的。

她们都听过戚少商的故事。

——尤其在近日，戚少商趁蔡京下台之际，一气把一向支持蔡京、王黼、梁师成系统的"长派""圆派""方派""屈派""高派""矮派"六大派尽灭，更使他名声暴涨，如日方中。

他把"长派"掌门"刀剑书生"林大史逐出京城。

他把"圆派"首领"猫魔"鲁雪夫当场格杀。

他也把"方派"负责人"倒神"莫伯伤收为己用。

他亦把"屈派"掌门人"倒爷"莫扎德废去武功。

他更把"高派"统领"玉碎叟"庞德斩去一臂。

他甚至把"矮派"老大"互存老人"艾略德当场格杀。

他是依这些人所作所为施以惩戒。

而且惩戒得还恰如其分，十分适当，以致京里的人，都拊掌称快，额手歌庆！

不少少女更加神迷于这传说中的白衣男子，听说他四起四落，当过大学士，做过小寨主，江湖流亡过，官方通缉过，而今他却摇身一变，成为京城里第一大帮派的群龙之首，可是他仍然孤寂一人。

他到底是仍心悬于多年来他心仪的知己红颜？还是天下女子他未入眼？或是他本无心、无意，故而月老的七彩红绳总系不到他身上？

可是他已成了传说。

传说里的神话。

他也成了神话。

神话里的传说。

神话传说里的人物。

他成了不少少女梦中慕恋的对象：大家只知道他常只孤单一人，走过长街，走过夕阳，走过寂寞和梦。

他的冷酷在流言里好像成了一种传染病。

——是太甜美的回忆成了无法遗忘的习性，致使他爱上了独身、喜欢上了孤单？

问谁，谁也不知。

——却引起无数女子的幽思：

（他好吗？）

（他孤单么？）

（他找到她未？）

未。他手里拿着一朵蔷薇花，白衣飘飘，正在月下飞掠。

他正在寻访她,把手里那花的魂魄交回给她。

——只不知她接受吗?

欢喜吗?

醒时同交欢,

醉后各分散。

这是她弹琴时爱唱的歌。

和词。

看到醉杏楼熏香阁里还有灯,他忽然念及这首歌。

在冷月下,飞掠中,他因哼起这首李师师常唱的歌而蓦然忆起一个人:

息大娘!

——啊,红泪!

他似给夜风迎面打了一拳。

猛然。

青春是不经用的东西。

人要回忆是因为不再拥有。

但人和青春和记忆也都是好玩的东西,因为三件事物都同是那么不受控制、无法操纵。

有时人会在吊唁时忽然想到该结婚了,有时在出恭时想到拜神,有时在吃饭时想到昨晚醉后的呕吐,有时却在跟这个女人造爱造得活像跟一条七十斤重的大花蟒蛇作舍死忘生搏斗之际,心里却想到一只比黄鹂轻比羚羊盈比花娇的可人女子,在你怀中依恋不已。

戚少商是忽而念及息红泪,且是从李师师的词曲中想起。

他却不是负情。

他只花心,他对他所爱的女子从未负过情。

由于他想到息红泪而今有家了,有丈夫了,有孩子了……所以他更渴切要去见李师师。

他要对她送出他的花。

他要问一问她:嫁给我好吗?

——好像是到了该成家的时候了。

(你若无心我便休。)

(休休,明日黄花蝶也愁。)

他既已见着了师师闺中的灯火,心口便暖了一暖。

他也要缓一口气。

于是,他在一处古色古香高大的宅子的顶檐上斜落下来,伏了一伏,只觉好似有点晕了一晕。

他要"定一定神"。

他也要好好"想一想":

——嫁给我好吗?

(这句话真的该说吗?)

(该问吗?)

(不怕给拒绝吗?)

(——因为怕给拒绝,而不敢问吗?)

想到师师那一张艳入骨媚透心的脸,还有她那诸般曼妙的多彩多姿多才多艺多情,他就不再犹豫——

正要再一气掠至师师的"熏香阁"时,猛抬头,只见在子夜的皓月下,一人在屋顶上洒然向他走近,一人在后面瓦檐上亦负手向他踱来。

他不禁大吃一惊：

因为正向他身前走来的，月色如洗，看得分明：

那正是他自己！

另一个往他身后行来的，月光如水，照明万端：

也正是另一个他自己！

——也就是说：戚少商看到前面一个戚少商、后面一个戚少商，正向戚少商自己走近。

戚少商此时在月明风清的古都屋脊群上，不禁一阵悚然：

——前面的人是谁？

——后面的又是谁人？

——身前的是戚少商吗？

——身后的戚少商又是谁？

——如果身前身后俱是戚少商，那么，我又是谁？

——自己是谁？

——谁是自己？

——他们是谁？

——他们是不是自己？

——到底是谁？

——谁是我？

——我是谁？

——谁？

戚少商只觉一阵恍惚，几许迷惑，却忽而听到一些极为奇异（至少他生平从未听过）的声音，从下面街道传来：他俯首一望，却看到了一个平生未遇的奇景。

第贰回 追欢刹那

若人生如梦,梦里追梦,犹如空中追空,风中逐风。梦里梦梦,反而就像画里真真,总不能因为不真而不画,而画成之后反而超越了真,回到至真。

下面很吵,醒醒恐恐的,似是煮沸了一锅汤,又打翻了一煲沸腾的粥。

就算没俯首去看个究竟,光只是听,也定必发觉:这种声音跟京城里的子夜、子夜中的京城很不协调。

——没道理下边会那么热闹。

——没理由这时分会那样嚣繁。

那是不可思议的事。

尽管京都大街,向来车水马龙,行人如鲫,熙攘拥挤,但都绝不会有这样(可怕、恐怖、奇特、怪异、诡秘、扭曲)的声音,像一头头洪荒时期的庞大走兽鱼贯飞窜,暴龙还是獬兽什么的,一只只地来,一只只地去,全带着巨大的声响,惊人的速度,还喷着难闻的黑烟。

它们有四足——不,四只轮子,不停地、快速地、像赶赴恒河沙数三千亿般急速地转动着,有时发出尖锐的兽叫,像一头中了太阳神箭的翼龙,还发出焦味和狂态。

更诡奇的是:戚少商这样往下一看,连建筑物都完全不一样了。

不同了。

——那一幢一幢,失去了屋檐没有了个性少了瓦遮头的方格子灰盒子,算是房子吗?那是屋子吗?

抑或啥都不是,而是他自己正落入一个阵势里!

他忽然觉得一阵昏眩。

眼有点疼。

他用手一抹,竟抹得一手皆湿。

映着月色一照,那竟是一摊血。

可是,他没有受伤,怎会有血?!

难道,那血是从天下掉下来的?

他抬头望天。

天无语。

月明。

星稀。

乌鹊东南飞去。

他忽然想起了息大娘。

所以他要见李师师。

渴切要见她。

见她送花。

所以他以手支额,在高檐上蹲了下来,缓缓地瞑合了双目。决定不去看这幻境、梦魇。

他在这子夜古宅的高檐上,忽然生起了一种顿悟:

不管眼前所见,是真是幻,是佛界是魔境,恐怕还是不知比知的好,不接近比接近的好,不理会比理会的好。

——如果那是真的,那么,自己岂不成了假?要是身前就是过去,那么,现在自己是谁?若是眼下的才是未来,那么,自己的过去存不存在?既不知真假,不辨是非,不管对错,不理你我,不分佛魔,这一霎间,戚少商只觉天大地大,四大皆空,他索性一时把眼、耳、鼻、舌、身、意全都关闭起来,心为宇宙,意遁空性,没有意识,变成无心可入,无心可染,魔不能欺,邪不能入。

那一霎间,他闭起了双目。

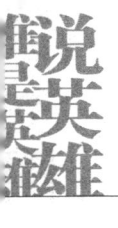

心中只想念一个人。

手里拿了一朵花。

月下,他还流了泪。

上天入地,其实,这瞬间的戚少商,不管他所见是空是幻是真,是实是虚,是天堂还是地狱,实则他已度过了一劫。

——就在心性动荡之际,千差境起,一时迷惑,便佛来魔至,几乎立即便走火入魔,甚至走魔入火。

幸亏他及时省觉,修心养性,一心不乱,佛来不喜,魔来不忧,万境俱灭。

只剩下他和自己。

都是空。

一场空。

一朝风月。

万古常空。

戚少商在京城中心绝高的屋顶上,沐在月华中打坐了一会儿,徐徐睁开双目,轻轻地舒了一口气。

他笑了笑。

动心忍性。

量才适意。

他还是要去找李师师。

李师师便是他现在要去追寻的一点真。

——尽管,那也许只是一场梦。

一场梦又如何?若人生如梦,梦里追梦,犹如空中追空,风中逐风。梦里梦梦,反而就像画里真真,总不能因为不真而不画,而画成之后反而超越了真,回到至真。

只是,追欢刹那,也易破灭瞬间。

只不过,觉来梦梦了。

对戚少商而言,他心里真切需那一点依托,不管她是"李师师""张想想""陈佳佳""王好好""黄妙妙"还是"何笑笑""梁哭哭""雷巧巧"……

那都一样。

他在追寻一个梦。

梦里那一点真。

情。

千家灯灭,万户寂寂,这京华夜里,谁给戚少商一份真情,一点微明。

万籁无声,檐影幢幢,李师师那一扇窗,仍点亮了一盏灯……

第叁回 入魔瞬间

最理想的戏,是要亲自上演的。

在武林中，生死只一线。

在人世间，佛魔在一念。

刚才戚少商在恍惚间，就乍见了一些本来不该在这时候（代）看到的景象。

可是他看到了。

他自然震动。

心神皆惊。

可是他终于在那瞬间，恢复了本性，回到了空：

本来无一物，何处惹尘埃？佛来魔亦至，世事，一场空。过去是梦，将来是空，人只活在当下现世。恢复自性就是寻回了自主，他就在恍惚间度了一场劫。

梦幻空花。

——他手上真有一朵花。

月满高楼。

——他心里还有没有梦？

有的。

人活着就应该有梦。

人生如梦。

天荒地老梦非梦。

看到月华当空照，戚少商就念及息红泪。

她的笑。

——还有伊的泪。

见到熏香阁里的一灯如豆，戚少商却想起的是李师师。

她的笑拒。

——还有她的羞迎。

所以当他掠身于飞檐之上,一接近杏花楼,就闻到那如兰似麝的芬香,觉得里边的灯意宛如一口在被衾里的暖意,他忍不住就要长身而入熏香阁里。

忍住了。

——他还是及时忍住了。

幸好及时忍住,因为他正听到一个人说:"最理想的戏,是要亲自上演的。"那人就在房里,而且还说下去:

"人皆知师师你色好、声好、歌好、舞好,诗词棋琴无一不好,我却独知你连戏也演得好——你说这也算不算是知己知音?"

戚少商一听,凝神、屏息、吞气、倒回身、逆挂足,就吊在屋檐下,冷了眼、铁了心,在观察阁内动静。

笑声。

那是李师师的笑声,除了让人开心之外还惹人怜。

"其实我什么都不好,"师师委婉地说,"千里马要有伯乐,买画的也要有赏画的人,如果不是有孙公子这样的人来赏识,我那些玩意儿哪有啥意思!"

"你这回答才有意思!"孙公子笑着敬她一杯酒,"师师的知音,上至风雨楼主戚少商、风流才子周邦彦,下至皇帝赵佶、天杀宰相蔡京,全都是你的知音知心,京华绝代李佳人的一颦一笑一歌一舞一句诗词还怕无人赏识!"

这句话说得半甜半酸,半讥半讽,半疯不癫,有骨有肉,有意有思,更令戚少商觉得有趣的是:这人居然把"上至……"的人物摆他在天，反而把"人上人"的皇帝丞相，放在"下至……"那一档里，足见其人言行特立狂放。

李师师仍是笑。

灯火轻轻地晃。

栏杆前的月桂花也在轻颤。

——如此良辰美景，原来李师师是竟容与这人共度！

这人长得很高，背影颀长，但却背向戚少商而坐。

然而，还是可以从后侧的颧额上，看到他两道眉毛之末梢，像两把黑色的刀锋，每说一句话，每吐一个字，那两把黑刀就似跃了一跃，变了一招。

这人说完了那句半带刺半配肉的话后，又敬了李师师一杯酒。

他敬酒的方式也很奇特。

他是把酒一口子尽，但意犹未尽，好像还要咬崩那酒杯一个缺口才甘休似的。

他敬酒，但完全不勉强人喝酒。

他只是喝他的。

李师师也不喝酒。

她看他喝。

——这些年来，她在青楼烟花之地，阅人无数，是以，她自是懂得什么时候该饮酒，什么时候不该饮；什么时候该说话，什么时候不该说话，乃至什么时候该只听人说话，什么时候须对方说一句她便得要驳斥一句。

面对这人，她不喝，只看他喝。

这人从不勉强人喝酒。

这人喝酒像吞服刀子，一把一把炙热的尖刀往肚里吞。

而且还吞得脸不改容——只越来越是煞白。

他喝酒就像在复仇——仇人不多,但行动却很剧烈的那种。

酒可以不喝,但对方的话她却一定答:

"女为悦己者容。我就算有一万一千一百一十一个男人欣赏我又有何用?我只要我喜欢的人欣赏我、喜爱我。女为己者悦容。"

她第一句是"女为悦己者容",第二句是"女为己者悦容",字都一样,但编排颠倒了,意思就完全不一样了。所以她说了两次,次次荡气回肠。

可是神色却不知怎的,在戚少商这般熟悉李师师而且心细如发的人看去,显得有些慌张。

——为什么她会有些慌张?

尽管她掩饰得极好,戚少商还是能够看得出来的:当李师师一直托词找借口不与他出行共游,他就养成了一眼便看出这名动汴京的绝世佳人,什么时候是真的,什么时候好像是真的,以及什么时候绝对不是真的了。

那脸向李师师(却背向戚少商)的男子听了,却带点冷峻地问:

"贾奕呢?贾奕词,天下知,人也风流偶傥,他不是你闺中艳友么?他给你写过一首《南乡子》,还是他的才情之作呢!"

说到这里,竟漫声吟了起来:"闲步小楼前,见个佳人貌似仙。暗想圣情浑似梦,追欢刹那,共瞻困倦眠。一夜说盟言,满掬沈檀喝瑞烟。报送早朝归去晚回銮,留下鲛绡当宿钱。"

吟罢,他一口便干尽了杯中酒。

他的人很高。

露出来的一截脖子很白,也很长。

——白得让戚少商想起：要是一剑斩下去，血溅头落的情景。

却听李师师叹道："贾奕？他一听圣上要在艮宫修潜道，马上就吓得绝足不敢来这里了。连色胆也阙如，哪比得您的英雄气？"

那汉子道："英雄气？惊才绝艳的秦少游有一首《生查子》，也把你的美写活了：'远山眉黛长，细柳腰肢袅。妆罢立春风，一笑千金少。归去凤成时，说与青城道。看遍颖川花，不及师师好。'他可是摆明态度真赞颂你来着——他也不是你的知音吗？"

李师师微嗔道："他？添了脂粉气，少了丈夫志。"

"丈夫志？英雄味？"那汉子又一干而尽一杯酒。

他的背很挺。

——连饮酒的时候也是。

戚少商这才注意到桌子上（靠近这汉子身前之处），放着一尾琴。

焦尾蛇纹虎眼赤衣琴。

戚少商从没见过李师师有这口琴。

——显然，那琴非李师师之物。

只不知这口琴是这汉子的，还是他拿来送给李师师的。

戚少商遥遥看着这口琴：他不是看出了琴弦的韵意，而是看出了琴里的杀气。

杀机。

"那么说，戚少商戚大寨主，他是最有英雄气、丈夫味了吧？"那汉子道，"——他也不是你的知己情人吗？"

他这句问题一问，问得戚少商凝住了神。

他屏息细聆。

他也想知道答案。

正想知道。

真想知道。

答案是一声叹息。

——幽幽。

——悠悠。

那是李师师的喟叹。

第肆回 多情总为无情伤

多情总被无情伤。很伤。伤情比伤神更伤。

对李师师的回答，戚少商宛似给迎脸击了一拳。

痛却在心。

虽然师师什么都没有回答。

她只叹了一声。

这就够了。

在这时候的戚少商，已经过长久的深情与寂寞，而此际他的人已历风霜，但偏是情怀未老、情更炽，他本来有满怀的真情要去送出这一朵花，以及不惜用他全部的前程去追求一个女子——

——只要在这时候恰好出现值得他付出真情的女子。

——李师师是吗？

他不介意她的过去。

他不介怀她出身青楼。

他甚至不去计较李师师爱他是否像他对她一般深。

——也许谁都不算太深刻，至少还没演变到太深刻。

就在这时候，他就听到了这样一个问题。

尽管李师师并没有回答。

但她只留下了一声：

叹息。

戚少商忽然觉得"啪"的一声，身体内好像有什么东西碎裂了，而他和他的自尊和自信一下子仿佛只值得三钱半，就像正摆在那背向他而坐的汉子面前的那只空杯子。

——尽管他尚未深情，但总是个多情的人。

多情总被无情伤。

很伤。

伤情比伤神更伤。

随着那一声叹息，那颀长身形的男子却笑了。

一面笑着，一面把他杯中酒一干而尽，然后仍以一种带尖拔锐的语调说："难道这人你也一样觉得他不行吗？"

戚少商在屋檐外窥伺着此人，情绪复杂起伏，只觉此人同情、可厌，但也居然有点亲切有趣。

——这人的来历，呼之欲出，而且他跟李师师的关系，以及谈话的内容，每每都引起他莫大的兴趣。

可厌的是这人说话尖锐，自以为是，好像非如此口出狂言不能表现出他遗世而独立的狂态来似的。

他连他语调拔尖提高也听不顺耳。

戚少商本来就不喜欢这种故作猖狂的人，可是不知怎的，偏又觉得此人与自己似有颇多相近之处，似曾相识。

而且居然还有点可亲。

但最令他憎恨的是：

对方问了师师这一个问题。

而且还听到了李师师的那一声叹息。

他恨不得杀了他灭口。

他极希望李师师能说话。

说什么都好，只要说一些话，总好过这样像一片叶落的一声轻叹。

他有受辱的感觉。

笑了。

——那汉子。

然后他握住了拳头，右手，向屋顶举了拳。

——他在干什么?

——他向谁举拳?

——莫不是他向自己举拳?!

——难道他已发现自己的行迹?!

但又不像。

那双手举拳,是向着他所坐处的屋顶。

不是向窗外的他。

这一点,连李师师也觉得有点奇。

她带着一点点可怪的薄嗔,问:"你向谁举拳?"

那汉子淡淡地答了一字:"天。"

李师师一愕:"——天?"

那汉子道:"我举拳一向不向人,只向天。"

李师师似乎对他这个动作很感兴趣:"为什么要向天?"

那汉子答:"我用拳向天是问天——若是向人,则是一拳就打了过去,绝不空发。要么人打我,要么我打人,才不发空拳。"

李师师哧哧笑说:"天有啥可问的?"

那汉子又锐笑了起来:"天?有太多可问的了:我要问天,为何那么多不平事?为何好人无权、恶人掌权?为何善的受欺、恶的欺人?为何人分美丑、人有贵贱?为何……为何你不回答对戚少商的看法?"

那汉子霍然一收,就像一招漂亮的刀势的收鞘,已迅疾巧妙地回到原处,同样问李师师那没有回答的问题。

这次李师师说:"我可不可以不答?"

汉子点头。

又一口干净了酒。

只听"叮"的一响,他似乎还咬崩了杯口一角。

戚少商只觉失望。

因为对方问不出个所以然来。

然而他是期待着的。

他期许着她的答案。

他以为她是有思考的。

她是有梦的。

他以为送出的是鲜花。

他遇上的是荆棘。

他仍等待的是盟约。

但守着的却是烟灰。

他等到的答案是一句没有答案的答案。

他发现他手上的花儿也似要凋谢了。

花谢。

花开。

——开谢花。

开谢花不凋。

不凋的或许是他的心。

他的心只伤。

不死。

——他不是个容易死心的人。

可是一个太死心眼的人也容易害死他自己。

除非他容易变心。

就在这时候,他又听到那汉子问起了另一个人:

"周邦彦呢?"

第伍回 无爱亦可同交欢

百年前当有英雄曾驾马拔剑对决于京华吧！百年后也必有好汉将解马拔剑决战于京师？仿佛就是这一种侠烈激越的剑风，突然在这子夜里、温柔的房中传来。

戚少商专注地静聆。

——由于他是那么专注,以致不自觉地运足了内力,是以连周遭的猫儿叫春、蚊子交尾、蟑螂出穴、鼻鼾梦呓、猫捕耗子、"醉杏楼"内还有一房午夜梦醒还是迟不肯眠的人儿正在缠绵交欢的喘息与呻吟,全听在耳里。

也全交织在心里。

——周邦彦!

他知道这个词坛名手、情场杀手,近日的确常与李师师混在一起:他也想知道李师师对他有什么想法:

有什么评价!

——那是一声冷笑。

——抑或是一个无关痛痒的神情?

——还是又一声叹息?

没有。

李师师没有表情。

她只是垂下了头。

她甚至没有表示。

也没有回答。

戚少商失望极了。

他本来在今晚,犹如骑月色到侠风猎猎的年代,去为本身比一首写得好的情诗更甜美的她献上一朵花,原本孤单的心在寻花叩月的心情中开着浪漫的幽会。可是,到了这地步,他只有重复地在想:

——幸好我不需要爱情。

（幸好我不需要爱。）

幸好我不需要爱情。

——她大可以对周邦彦像待赵佶、贾奕一样……

——她也可以说：他？（一个字就可以了、足够了。）

——她甚至也可以直认不讳：我喜欢他。

可是她偏啥都不说。

避而不答。

且顾左右而言他：

"你今晚突然来我这儿，就为了问这些扫兴而且煞风景的话么？嗯？这样我会很伤心的哟。"

她笑得美美的。

她媚媚的。

牙齿很白，连微微焚着飞蛾还是飞虫时噼啪作响的烛火也照不出一点黄来。

她这样笑起来的时候，还很纯，很真，就像个小女孩。

——如果李师师是个很出色的青楼女子，她出色之故，便是因为她不像是个青楼女子，而像位极美丽的邻家小女孩。

她这样一柔声软语，媚眼如丝，通常谁都不会问下去的了。

也问不下去的了。

——连恼，也恼不上来。

可是这傲慢的"孙公子"好像不吃她这一套，只说：

"其实，这番话，有人已问过你了。"

戚少商只听得心中一凛。

——他的"倒挂舍檐"还几乎因而失足。

他忙屏息凝神、定气敛心，稳住了身腰，再静聆房中对答。

李师师听了，似也大为惊诧。

"他……告诉你了？"

"他怎会告诉我这种事？你知道，戚寨主可是那种死也不认输的人。"孙公子调侃地说，"三天前的晚上，我就在窗外偷听你们说话。"

李师师怔了一怔，随即又笑道："——我还以为孙公虹孙公子是个光明磊落的人。"

那汉子冷笑道："光明磊落？像我这种恶名天下知的淫魔，还跟这四个字沾得上关系么！"

李师师幽怨地白了他一眼："大家都误解孙公子你，师师可没有……"

孙公虹只道："其实我本也无意要偷听，我也是夤夜来访佳人，但既不意闻得戚寨主把你可给问急了，我也想听个究竟。"

李师师居然仍嫣然笑道："你们就爱问这个。"

孙公虹道："因为爱你的人都想知道你爱谁？"

李师师轻笑道："你们男人都爱问这个。"

孙公虹一点也不放松："他们也想知道你是不是一个无爱亦可交欢的女子？"

李师师脸色一变，却仍掩嘴骇笑道："——怎么这么轻贱我？无爱却可同交欢，这不是你们男人的绝活儿吗？"

孙公虹冷冷地道："情能使命起死回生，因而情也可以是致命武器——就看你怎么用！这点是无分男妇的。"

李师师脸色微变："却不知孙公子你又怎么看我？"

孙公虹长身而起，"铮"的一声，用手拨了那口焦尾赤琴一声。

只一声。

"铮"的一声。

那不像琴声。

反而有点像道剑风。

——拔剑之声。

百年前当有英雄曾驾马拔剑对决于京华吧!百年后也必有好汉将解马拔剑决战于京师?仿佛就是这一种侠烈激越的剑风,突然在这子夜里、温柔的房中传来。

——戚少商是那么想。

而且迅速进入寻思。

——他为这汉子的身世而有点恍惚,有些迷蒙。

只听那汉子继续尖锐地笑道:"我记得你回答戚少商的话,也跟今天差不多,只不过,戚寨主没问你周邦彦的事……我说过,他输不起嘛,情字一关,他过不了,他从来都过不了……哈哈哈……"

戚少商听得脑门轰了一声。

他巴不得杀了那背向他的猖狂汉子,可是,他又有一种很特殊的感觉:

——他竟觉那汉子才是一个彻彻底底的自己!

他一直很向往能做个彻底的自己。

可是那汉子所说的话虽然刺耳,但无疑十分能彻底地表达自己。

也说出了隐隐在他心里的话。

第陆回 无奈我不忍舍离你

江山代有人才出,各领风骚三五年。

只见李师师玉靥稍见凝重,到这时候,她反而不作分辩,而在灯下,她以柔荑支颈托腮,香颦粉颊,柔媚地望着那汉子,只让他高谈阔论、借题发挥。

可是这样望去,这柔和媚、柔而美已足令人荡气回肠、神魂颠倒。

她似是郑重地惹火,慎重地勾引他,但又不经意一切玩火的结果。

那汉子依然不在意地笑道:"记得你评议过周邦彦,你说他:一流才气,二流文章,三流人物……可是,而今,却不敢置评一字了……"

戚少商听了,不禁舒额。

舒意。

也舒心。

——原来师师是这样评价过周邦彦的!

——自己还差些儿误会了师师之意,以为她对周邦彦情有独钟呢!

(原来她对周邦彦的评估不过如此,不外如是。)

只听那汉子又笑着说:"我却知道你今天为何对周邦彦不置评的缘由……哈哈哈……我大易他的大姊!"

他一拍桌子。

——显然,到末了一句,是一句他骂人的口头禅。

"他最近在皇帝身边走红了,又在蔡京麾下蓝巾军中当官,他可不只是红人,还是蓝人!"他忽而语带尖锐的讥诮,尖锐地道,"就不知乌龟缩头、王八退荒的也算不算是汉子!"

李师师似给激起了一些怒意:"你若不满,又何必把话说满

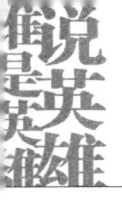

了、说绝了。公子若瞧不起师师,不来看师师这苦命女子就是了,何必口口声声骂人嘞!"

汉子又一口干净了杯中酒,掷杯长叹道:"说的甚是,无奈我却不忍舍离你。师师之美,是美在令人无法相弃、不忍舍离——这却使得只有说你弃人舍人了。这可真是我们男人自己犯贱。可别以为我没听到,那次戚少商问你,你对我的看法如何……"

李师师无奈地望着他。

玉颊生春。

眉桃薄嗔。

汉子径自把话说了下去:"你就叹了那么一声——一如今晚我问起你戚少商一样!"

李师师这回饮酒。

她抒起小袖喝酒的姿态很美,她似乎也知道自己每一动就是一种风姿,每一步都赢来男人的艳羡,而那汉子(还有檐下的戚少商)也确用目光赞羡她每一步的风流,而这风情不但迷倒了人也同时迷住了她自己。

她也一干而尽。

然后她还替那汉子说了下去,"我叹息了之后,还是有评论你的,你忘了吗?"

"佳人赠语何敢忘?没忘!"那汉子笑道,"你说我是'江山代有人才出,各领风骚三五年'!——才三五年,忒也真少,你也真没把我高估!"

李师师流丽地婉笑道:"那是我给他逼急了,我说来玩的。"

那汉子道:"现在可是我来逼你了,你对我的评价可有更动?"

李师师咯咯笑道:"有。"

汉子兴致勃然:"且说来听听?"

李师师笑得花枝乱颤:"江山代有恶人出,各翻风云三五天!"

吟罢,娇笑不已。

娇俏不语。

汉子喃喃地道:"这下可好了,剩下三五天,更卖少见少了——还从才人一句打翻,变成恶人哪!"

师师娇笑道:"小女子闹着玩儿的,孙爷别当真个。"

汉子道:"当真又如何?我本就恶名昭彰。皇帝呢?听说皇帝老子要迎你入宫,这回他可当真了,你可又当不当真?"

这人说话和问话都颇为"不可一世",他口里问的是皇帝,但仿佛那只是不相干的小人物,他岂止敢问,也敢骂、敢打。还敢杀之无碍似的。

他的态度很不可一世。

这回李师师却粉脸一寒。

美人一笑,是能倾国倾城,也可烽火戏诸侯。

美人之怒呢?

李师师本来最美之际,是她喜笑的时候,她笑意绽开之际,如花之初放,芳菲妩媚,尽在此际。

——美得使人心动。

可是尤为难得的是:她连嗔怒时也很美。

——一种让人心惊的美。

她这么忽而从笑到不笑了,竟就这一转颜间带出不只薄怒轻嗔,更有杀气严霜,连头饰的环鬟金珠,簪花翠玉,乃至髻插辟寒钗,一身明铛锦初鸳鸯带,都荡起一阵金风杀意来。

竟使得原来就一副不可七八世的那汉子，今也肃神以对。

"你哪里听来的消息？"

李师师拿着一只小酒杯，跷起了一只腿子，脚尖顶着只绣花鞋，略露收拾裹紧的罗丝袜，仰着粉靥，微含薄嗔地，问。

"都那么传，"那汉子带笑地说，"传说远比传真还传奇——我是对传言一向半信带疑。"

"要光听流言，"李师师的眼又含了笑，但话里却裹了针，"你还是武林中、江湖上一大色魔淫兽呢！"

那汉子一点也不以为忤，好像早已听说了、成习惯了，只说：

"所以我才来问你。"

"莫说万岁爷才不会真的对我有情……他真的会吗……？"李师师又悠悠幽幽游游忧忧地一叹，喟息道，"……就算他真的要纳我入宫，我这也是不去的。"

"为什么？"

"去不得。"

"——你不是说过吗？那是难得之荣宠，机会难逢，人家千求万祈尚未可遇呢！给你巴望着了，却怎可不把握，轻轻放过！"

"那我自己得要自量、自度、有定力。"

"定力？"

"皇上为什么对我尚有可留恋处？"

"——这是个荒淫皇帝，你是个美丽女子，他好色，自然便喜欢你了。"

"他有的是三宫六院，七千粉黛，他还是老来找我，还自艮宫暗修潜道，为的是什么？"

那汉子调笑道："因为你醉倚郎肩、兰汤昼沐、枕边娇笑、眼色偷传、拈弹打莺、微含醋意，种种颜色，无一不美。"

"——你才老含醋意！"李师师笑着啐骂他，"老不正经的！他喜欢来宠幸我，是因为我特别。"

"特别？"

"——与众不同。"

"众？你指的是他的妃子、婕妤？"

"她们是随传随到，对他天天苦候；我是闭门阁中坐，让他找我；她们是宫里的，我是野外的。若比礼仪教养，哪还容得下我李师师？就论花容月貌，比我师师姣好者，必有的是。我到宫里跟她们比，一比，就下去了。我若坐镇这儿，李师师还是京华青楼红颜花魁榜上占一席之位今未衰……"

"岂止如此，师师确是京城红粉第一艳。你也不必妄自菲薄，别忘了，一旦入宫，有一日，说不定你成了正宫娘娘，那时……嘿嘿，恐怕你还不识得孙某人这白丁闲汉了。"

"你少讨人厌，嫉不出口话变酸！我可自量自衡得一清二楚的，就凭我的出身，能入妃子之列已属妄想，顶多能晋为宫娥，还能图个什么出息？不如窝在这儿，师师我还是个红角头。皇帝万岁爷真要召我入宫，我胆小，还真不敢去呢！"

"哈哈……没想到艳绝京都、胆色双全的白牡丹，还是生惧在入宫这一环节上！师师是从市井青楼门上来的，还怕那些未经世故的宫鬟殿嫔么！"

"孙公子，话不是那么说。在朝中呼风唤雨的，一旦流落乡井，确未必轮得到他们咤叱。可是在乡里翻雨覆云的，一旦入了庙堂，也不到他们话事。正可谓各有各的朝律俗规，以我这等出身跟各有背景靠山的妃嫔争风，只怕也一样落得个惨淡下场。"

说到这里，师师又郁郁一叹，泪光映上眼波：

"说什么的，我都只是个苦命女子，出不了阵仗，上不得殿堂，只供人狎弄调笑，私心底苦不堪言，唯勘破关头，独对红妆，空洒度日，残烛度年。"

说到这里，伊竟潸然垂泪，口占一阕吟且唱道：

"泪尽罗巾梦不成，夜深前殿按歌声。红颜未老恩先断，斜倚熏笼坐到明。"

那汉子听了，似也坐立不安，终于踱起步来，忽然抬头，脸色好白，眼色好厉，猛向窗外一瞥，双目如电，几与戚少商目光对触，打了个星火眼。

只见那汉子脸尖颜白，双眉如剑，唇薄如纸，神情傲岸，志气迫人，轩昂精奇，自有一股过人气态。

就在这时，忽听阁中房门急响，有老嬷嬷急促语音一迭声低喊急唤：

"师师，师师，万岁爷来了，道君皇帝来探你了。"

　　稿于一九九五年三月八日至十三日：得师尊度化，得瞻喃无大慈大悲观音菩萨、大吉祥天女菩萨、不动明王菩萨、喃无药师琉璃光如来／第十一次入中行／突袭、好玩、畅快、斥责。

　　校于一九九五年三月十四日至十七日：半夜折返，大欢／在鹏城有住处矣。

[第拐章] 醉枕美人膝

- ○四二·第一回 深情岂若无情真
- ○四八·第二回 今夏正好春衫薄
- ○五五·第三回 瞬殁刹亡一息间
- ○六三·第四回 红颜未老恩先断
- ○六九·第五回 相爱相怜相怀疑
- ○七五·第六回 梦断故国山川
- ○八一·第七回 细看涛生云灭
- ○八九·第八回 满座衣冠似雪

第壹回 深情岂若无情真

并刀如水,吴盐胜雪,纤指破新橙。锦幄初温,兽烟不断,相对坐调笙。低声问,城上已三更。向谁行宿?马滑霜浓,不如休去,直是少人行。

这次，李师师也顿为之粉脸变色，情急地道："他……他来了……怎的在今天也来……现在是什么时候了；他竟说来便来……"

她一面急，一面望着孙公虹，眼里流露出一片惶色，令人哀怜，也令人爱怜。

孙公虹神色冷峻，冷哂道："——你要我先行离开，是不？"

李师师楚楚动人地点了点头。

孙公虹一笑，抄起桌上的酒壶，也不倒酒，仰脖子一气干尽饮净，然后嘣的一声，咬下了壶嘴，抛下一句话：

"好，你要我走我便走，我也不碍着你的事——反正，在这儿偷鸡摸狗的，又岂止我一个！"

说罢，他捞起焦尾凤琴，猛回首，往窗外盯了一眼。

戚少商激灵灵地打了一个突。

此际，他跟那人首次正式对望。

戚少商心下一栗，以为对方必自窗口掠出，正要找地方回避，忽听孙公虹冷哼一声，一手挟着琴，一手打开了门，大步而出；原在门个候着的李姥，因为门前一空，几乎没跌撞趴了进来。

戚少商只觉与那人一记对望，就似是大日如来遇上了不动明王，打了一个星火四溅的交锋，但又似是同一家、同一门、同一血脉的唇亡齿寒，首尾呼应。

他极憎恨这个人。

——好像这人能做到他不能做到的事。

他也觉得此人甚为亲近。

——他和他之间，仿似没有什么分别！

这感觉很复杂，他一时也说不出个所以然来。

可是，孙公虹仍然出乎他意料之外。

他听说皇帝来了，竟不从窗掠走，而大摇大摆地取道大门：

——莫非他不怕跟皇帝遇个正着？！

他这一走，才跨出大门，李姥几乎跌将进来，同时，熏香阁中的绸帘急摇颤不已。

李姥慌忙地说："……妞，鸾铃在龙头殿摇响了……万岁爷马上就要——"

话未说完，有人阴声哈哈一笑，霍地拉开了多层云布的绸帘，先是两名力士，接着是四名侍卫，再来是三名太监，然后是六位宫娥，侍奉着一身着锦绣黄袍、须发稀疏的人，行了出来。

戚少商这才恍然大悟。

原来这阁里有机关！

——敢情是皇帝在艮宫暗修潜道，乃直通李师师的熏香阁。

赵佶在上回遇弑之后，果然小心多了：

——但他仍色胆包天，不是绝足不登，而是暗令民工，为他挖一甬道，神不知、鬼不觉地直抵李师师香闺。

对赵佶而言，这可更方便了。

但要挖掘这一条通道，又不知得花多少民脂民膏，伤了多少人心人力！

戚少商这一念及此，心里有气，却听赵佶笑道："爱卿，可想煞朕不？朕明儿不上朝了，今儿就跟你颠三倒四来了，偏给你一个惊喜。"

师师这时已恢复镇定，盈盈敛衽拜倒："小女子敢请万岁爷福安。"

赵佶打发侍从离去，呵呵扶起师师笑道："卿卿还跟我来这个。"

说着就笑滋滋地要跟师师亲热。

师师欲拒还迎，委婉相承，正要熟好之际，师师忽说："妾身今日恰逢月信，精神困乏，陛下来得不凑巧，今晚恐未能待寝。陛下忽如其来，可把奴家吓了一跳。"

赵佶神色一变，他本来如渴如饥，而今大为扫兴，只说："这有何难，朕即命太医院备下药方，停了信期，不就行了？你怕的不是朕来得突然吧？"

李师师娇笑婉拒道："这怎生使的。只怕这一停讯，净了妾身子，但也使妾人老色衰，陛下就不再要妾身侍奉了。"

她只避开了皇帝说来就来的事不说。

赵佶笑着拧她："哪有这样的事……卿卿今晚不便，但朕就是兴勃，不如你跟我……"

师师只娇笑不依。

戚少商看得眼里冒火，心里发火，正想离去，忽而，场中对话，却有了变化。

许是李师师一再推拒，引起赵佶不快，只听他冷哼一声便道："师师，你也别太乘风得意飞得高，朕是怜你惜你，你的作为，朕岂不知？"

师师整衿欲言，恭谨地问："陛下龙颜蕴愠，不知所指何事？"

赵佶直问："前时我召你入宫，册封妃嫔，你为何一再拒绝领旨，不怕欺君之罪么！"

李师师幽怨地一叹。

赵佶果问："有话便说无妨。"

师师不敢抬头："我怕陛下一怒斩妾。"

赵佶笑道:"哪有这种事!你尽说无妨,朕岂如小气妇人。"

师师仍是不敢抬眸:"妾不欲使陛下气恼。"

赵佶嘿声道:"朕若恼你,早恼下了。朕那日遇刺,暂退伏榻下,才知那是个隐蔽藏人好所在。"

师师心头一震,强自镇定地道:"陛下的意思是……"

赵佶道:"没啥意思。朕那次匿于榻下,对你跟刺客交手护朕,很是感动,但却令朕联想起一首词……"

师师便问:"什么词?"

赵佶信口念道:"并刀如水,吴盐胜雪,纤指破新橙。锦幄初温,兽烟不断,相对坐调笙。低声问,城上已三更。向谁行宿?马滑霜浓,不如休去,直是少人行。"

师师这会儿脸色微白,强笑道:"那不是妾作《少年游》?陛下当时听了,还给妾身几句勉励,令妾鼓舞万分,迄今未忘,感恩不尽呢!这词又出了什么漏子了?"

赵佶冷笑道:"这词就是写得太好了,你随意唱了,曲文却记在朕心里了。回宫一寻思,那不像是你手笔,即景抒情,清新流畅,似出自男儿气,跟女儿家手笔,是分明不同的。可是,那晚,朕为爱卿送来潮州甜橙,卿用玉剪挑开,亲手剥喂朕口,这等细节,正是词中所述,莫非爱卿把与朕之恩爱细节,都一一说予人听?还是词风大变,辞貌大异,写出另一番风格来?抑或是卧床榻下,正好有人,朕与卿缠绵恩爱之时,让人听去不成?"

李师师听得忙斟酒敬酒,赵佶不饮,却一拍案,毕竟是龙颜大怒,天威莫测,师师唬得连酒也溢出来了,染湿了翠袖。

只听赵佶脸色一沉,道:"那次你也推说正值娘娘华诞,劝朕理当夫妻恩爱一番……朕还夸你识大体,嘿!"

李师师只凄怨地说:"万岁爷,您不信妾了。您要不信妾,妾身一头撞死算了!"

赵佶见师师眼圈儿红了,一副凄凉模样,口气是软了,脸也缓了,但语锋却仍在的:"你要我信你?你那晚吟了那曲儿后,不数日,坊间已唱了这段《少年游》,说是开封府监抚周邦彦教的——难道信任予他、授予他,还是一不小心,给他偷学去了?那可是词句一模一样,就连曲调也相同!巧有这个巧法?妙有这个妙方?嗯?哼!"

当李师师戚戚垂泪,哀哀切切地道:"贱妾罪该万死……万岁爷明察秋毫,高炬独照,任何细致之处,都瞒不过圣上……"

她双手揉揉着赵佶臂颈,柔柔地说:"不过,贱妾也把曲子唱予楼子里的姊妹们听,不知是让谁个野丫子学去了,教与人唱,这就——"

她是先赞了赵佶,大大地奉迎了一番,才说开脱的话儿。

赵佶一下子,连语调也缓和了下来,看来李师师那一手还是挺管用的。

"……朕倒不与美人计较,是朕好意三番四次催你入宫,你总推却,这又有个什么说法?"

师师泪痕未干,又嫣然巧笑向皇帝要紧处推了一下,白了他那么一眼,娇妖媚声地道:"妾说哪,万岁爷,你急什么,岂不是什么都给你占去了吗!到真个给你纳入宫来,你又去寻花问柳去了,那时,只教妾身苦守空闺,方知深情岂若无情真了。"

第贰回 今夏正好 春衫薄

国之将亡,妖孽必兴,而惨苦的,一定是人民老百姓。这点千古不易。

只听赵佶给李师师揉得几揉,声也放软了,也用手去摸李师师的娇嫩处,只赞叹道:"你这蹄子也真会要朕……好,朕便不勉强你。反正,朕只要来看你,就有潜道可通,也方便得紧,随时可作醉枕美人膝,那就不妨了……今晚且就饶你则个吧!"

师师一听,忙娇呼细喘:"万岁爷福安。万岁爷万万岁……"

戚少商在外面却听得直是冷笑。

——虽说这赵佶皇帝居然从一曲词中,发现猜度得出:李师师可能与周邦彦有暧昧,但堂堂一国之君,理当以处理万民水深火热之事为要务,而他却浸耽于这些小枝小节里,以及男女情事上,哪还有心机理会国家大事,这到底是祸非福,是不长志气而不是明鉴秋毫!

戚少商却也并未想到,他这种想法,曾在数年前,王小石在愁石斋跟蔡京手下比拼一场后,匆匆留下一词,却引蔡京推测出,王小石此人志气非凡,是十分近似的。

——可是,同样,同理,堂堂一国之相,居然为这种人事上的小斗争、文字上的小把式费心,岂又能将心力置于改善人民生活的公事上?

一个宰相已经如此,而今皇帝也如斯,试问,这国家焉能不败?岂可不亡?

国之将亡,妖孽必兴,而惨苦的,一定是人民老百姓。

这点千古不易。

此劫不变。

变的是戚少商。

看到了房中的这一幕,他心头起了波涛万丈的撞击:

他实在看不下去。

他扭头就走。

可是他这一回头,却走不成了。

因为他看见一个人,正在月下等着他。

这个人不是他自己。

而是那汉子:

孙公虹。

他竟不知在何时已在月华之下。

屋脊之上。

戚少商的身后。

要不是他手上挽着一口似铁非铁的焦尾古琴,戚少商乍见还以为又遇着了他自己。

不过,这次真的不是他自己,而是那个双眉如剑、斜飞入鬓、唇薄如剑、眉扬如剑、目亮如剑、笑纹如剑、高瘦如剑、雪衣如剑的那桀骜不驯的汉子。

那汉子已到了他身后八尺之遥,整个人一如一把出了鞘的剑。

剑冷。

他的笑意也冷。

但那一双冷傲的眼神,却出奇地有点暖。

也不知怎的,戚少商见着这个人,忽然生起了一种:瞬殁刹亡一息间的感觉。

戚少商看见了这个人,到这地步,已明知那不是自己,但仍然觉得对方几乎就是自己,至少,很像是"自己"。

——他几乎是看见了一个完全不是"自我"的"我"。

他看见了，有点恍惚，但没有错愕，好像那是一件早该发生了的事，只不过，他在这一霎之前还不知道何时会发生而已。

他第一句就说："你跟师师的话，可是说予我听的？"

那汉子道："我早知道你在外边。"

戚少商道："三天前，我也知道你在外面听。"

孙公虹道："所以，今晚我再问一次，让你也听听在背后师师是怎么说你的。"

两人说话的声音都很小，小得只有他们两人在这月清风急的高处上才听得见。

他们可不敢惊动：一旦惊动了下边，护驾的人可蜂拥而出。那时，就算能全身而退，也必招惹一身麻烦。

所以他们继续低声疾语。

只说予对方听。

只有对方才听得见、听得懂、听得明的话，在古都古旧的古屋脊群上，他们如斯对白。

对峙。

——也对着立。

孙公虹的眼神转注在戚少商手中的花：

"你要送给她？"

戚少商看了看手中的花，月白如镜，梦似空华。

在他俯首看花的一霎，孙公虹忽然觉得有些心寒，也有点心动，更有些心痛。

——不朽若梦。

月白风清。

他只觉眼前的人,像月一般的白,像月一般的亮,像月一般的冷,像月一般的傲,也像月一般的温和,却又像月一般的凄厉和伤怆。

——那就像另一个"他",在这子夜神秘的屋顶上,教他给逢着了、遇上了,邂逅在一起。

使他一时分不清:

是敌是友?

是对是错?

——是我还是他?

——是过去还是将来?

是梦?是真?

是有?

是无?

今夏正好春衫薄。

这春夏交会之际的月圆之下,这两人正好遇在古都的高檐上。

檐下万家俱眠。

当朝皇帝和青楼红粉当红的行首行家正开始在房里胡混,吹灭了灯。

灯熄。

月明。

花在他指间。

琴在他腋下。

这是个月夜。

有哀。

无梦。

戚少商忽道:"这花,不送了——要送,就送给你吧!"

孙公虹笑了:"你送我花?"

戚少商道:"送你花是省你的事,你反正就是采花大盗。"

孙公虹似在月夜微微一震。

他开始解开他那块裹琴的绒布。

戚少商仍道:"你别以为我不知道你是谁。"

孙公虹目中杀气大盛,锐如剑芒,"那我是谁?"

戚少商道:"近日,江湖上出现了一位著名的杀手,也是恶名昭彰的淫魔,官府、朝廷、绿林、武林、黑白两道的人都在找他算账,但听人传他淫而无行,不过他所杀的所诛的,好像都是早已罪大恶极之人。"

孙公虹笑。

笑意很孤,也很独。

而且傲岸。

戚少商盯着他,道:"那淫魔听说仍在到处活动,近日还屡在京里现踪,曾化名为孙小惠、孙梨子、孙加伶、孙华倩……"

然后他一字一顿地说:

"现在他正化名为孙公虹。"

如果说孙公虹原本就像是一把剑的话,现在,他的剑已全然拔了出鞘。

剑淬厉。

那是一把骄傲的、一出鞘绝不空回的剑。

他问:"那么,我是谁?"

戚少商笑了。

他的笑很洒脱。

也很寂寞。

很寂的寞。

但不冷漠。

他说,只三个字:

"孙青霞——"

然后他就不再说下去了,但他的神态,就像狂月满天。

他指间仍拈着花。

他的手很小。

很秀。

——像女人的手。

月亮正照在他指间的花瓣上。

花已半谢。

犹半开。

夜已过半。

——人呢?

为谁风露立中宵?

说来绝塞看月明?

江水何年初映月?

江月何年初照人?

第叁回 瞬殁刹亡一息间

真正的敌人是应该受到自己最大的尊重：因为他们的存在会使你发奋向上、自强不息——蔑视敌人，形同看不起自己的分量。

孙青霞的人虽然很高大，但他的手，也很干净，而且亦很秀气。

他这秀气的手，正拔出了一把傲气凌人的剑，他的剑直指上天，天心有月。

剑原就在琴里。

拔剑的时候，剑意抹过琴弦，发出极为好听的奇鸣。

剑很冷清。

——这是一把没有朋友的剑。

月华在剑锋上只反映着："孤傲"两个字。

他的脸色开始发青，但印堂却绽出红霞："你既知我是淫魔孙青霞，便要如何？"

戚少商轻轻地道："那我就要替天行道——"

他说的只有八个字。

说第一个字时，已在拔剑。

到第八个字时，他已拔尽了剑。

他拔剑的速度并不快。

但很审慎。

而且很疼惜。

——他对他的剑有一种如同对所爱女子的怜香惜玉。

他拔出了他的剑。剑鸣直动人心。

剑自腰畔抽出，然后手腕齐胸，平指十尺左右的敌人的心，凝立不动。

他的眼神很好看，白多于黑，但明丽的白映衬着流丽的黑，像有点幽怨，且十分寂寞。

月华在他掌中剑锋也抹过这两个凄冷的字。

寂寞。

——那是把寂寞之剑。

这时分，两人都已拔出了各自的剑。

一剑直指着天，狂傲不驯。

一剑平指敌心，寂寞无边。

只听孙青霞遥笑道："闻说你也是落草盗寇，而且还是匪首龙头，更曾大胆弑君。你不比我好到哪里去。你还敢抓我？"

戚少商淡淡地道："你如果真的是个淫贼，我就绝不让你沾李师师。"

孙青霞冷然看他的剑："李师师可不是你的。"

戚少商只道："不是我的你也不能碰。"

孙青霞失笑地道："为什么？你要为那风流皇帝保住这青楼名妓的清白不成？！她真正喜欢的是你么？你这样做可感动得了她？"

戚少商道："我爱一个女人，就算不能得到她，我也是希望她好。"

孙青霞默然了一阵，才黯然道："看来，我刚才予你的儆示，是全不生效的了。"

戚少商却只去看他的剑："你的敌人在身前，剑却指天，你与天为敌不成？"

孙青霞傲然道："我乃以天为敌。"

戚少商冷笑道："天敌？狂妄！"

孙青霞反问："你的剑尖指着我，岂不是也把我视为天敌？"

戚少商摇首道:"不。我的剑指着你心,但敌心就是我心。"

孙青霞目光收缩、瞳孔也开始缩窄:"你是以己心度敌意?"

戚少商道:"我只是以心发剑。"

孙青霞幽然道:"好,我老早就想试一试你的'心剑'。"

一说完,他左手腋下又挟着那尾古琴。

戚少商也道:"我就此领教闻名天下的'天剑'!"

话一说完,两人立即动手。

未动手,先动脚。

一动手,人就动。

不进先退。

孙青霞先行退走。

退得很快。

但无声。

他往后退,比往前仿似更潇洒、更不羁、也更傲慢。

他连疾退也能做到洒脱利落、傲岸孤僻。

也不见他施出什么步法,他是把步子大步地往后跨。

跨得宽、快而大。

戚少商则向前逼近。

他右手平持着剑。

左手拇、食二指还拈着花。

一如孙青霞右手剑指天,左手仍挟着那尾古琴,只不过,一人是迫进,一人是疾退而已。

戚少商猱进得很急。

很轻巧。

步子就像"流水"一样的,同时也在月下"流"出了一种寂寞来。

他是在追击。

——很少人能在追杀中也能保持这样一种寂寞和洒脱来。

一退。

一进。

在无声无息中,已倒踩着月亮互击,足足从相遇的地方进退间拉远了五六十丈外的距离来;也就是说,两人仍相距八至十尺,但离原来处身之地已数十丈远。

他们驻足对峙的所在,恰好就是刚才戚少商在瞬间离神几乎走火入魔之处。

不过,他现在再也不"入魔"。

踏足于这片古砾旧瓦,他面对的就是他的"天魔"。

孙青霞也心无旁骛。

他眼里只有一个人:

敌人。

——那是他的"天敌"。

尽管两人已决心要一战,但在交手之前,仍不想惊动保驾的高手。

——他们谁都不想透过官方的力量来对付他们心目中的大敌。

真正的敌人是应该受到自己最大的尊重:因为他们的存在会使你发奋向上、自强不息——

——蔑视敌人,形同看不起自己的分量。

他们谁都绝不容:那些只为皇亲国戚谀颜屈膝、恬不知耻的

禁军高手加一指于他们心目中"首敌"的身上。

绝不。

江湖人有江湖人的原则。

武林人有武林人的规范。

高手自有高手的风范。

绝顶高手更有他的风骨。

以及他们为人处事强烈的风格。

——只杀敌，不辱敌，也是他们一种共同的守则。

所以他们先退开，后决战。

瞬殁。

刹亡。

——对高手而言，那也只不过是一息间的事。

谁也分不清：到底是戚少商先出剑，还是孙青霞先出剑？是孙青霞先出手，还是戚少商先出手？

但两个人都一齐出了手，出了剑。

谁也弄不清楚为何他们两人一定要动手：有时候，他们之间有许多共同且相似之处，理应联手结盟，而不应对立互峙才是。

可是他们仍然在今夜的皇城，决战、决斗、决一胜负。

大家甚至也不一定能分辨：到底是戚少商代表了正义，还是孙青霞等同于黑暗？究竟是孙青霞太好色，抑或是戚少商太好权？

或许什么都不是。

他们只是一对儿、两个人。

两人生下来便会有一场相遇。

既然相遇就得要决战。

——有些人生下来便是唇齿相依，也唇亡齿寒：

例如刘备、关羽、张飞如是，伯乐与千里马、钟子期与伯牙亦然。

——也有些人天生便是死对头，决不两立，生于世上，不拼个优胜劣败，也宁可闹个玉石俱焚，以免此消彼长：

譬如刘邦与项羽，或如诸葛亮与周瑜，又如王安石之与司马光。

——也有本来是敌，后成了同一阵线、生死相依之至交；或者原是共同进退的战友，但到头来却成了誓不共戴天的仇敌。其间当然经过了巧妙的转变，人世的变迁，以及在共富贵同甘苦中的试炼和演变：

就像汉高祖与大将韩信、军师张良；又似越王勾践和吴王夫差；也如宋太祖黄袍加身后对待昔日的诸部将。

有的化友成敌。

有的化敌为友。

然而，戚少商与孙青霞呢？

他们，在高檐上，狂月下，已然拔剑，出招，决战！

决战只是他们两个人的事。

他们不要任何人得悉。

不要其他人知道。

他们只要证实：

他们之间谁高谁低？

——谁比较高明？

还是一个高、一个明？

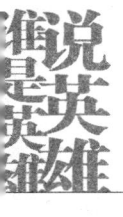

或许，戚少商只是一个把义气看得重些、将权力抓得紧些的孙青霞；而孙青霞正是一个把美色放得吃紧些、将情欲放纵一些的戚少商。

也许，戚少商难以忍耐孙青霞的，便是他轻名权而纵情声色。

同样，孙青霞所蔑视戚少商的，正是他重权名而太痴情。

——如果，他们两人，都确切有以上缺点的话。

第肆回 红颜未老恩先断

唯大英雄能本色,是真名士自风流。

戚少商跟孙青霞已退离到远处交手,在深夜古都古宅高楼的飞檐上,他们尽力、尽情、尽意、尽心一决。

他们不想有人骚扰。

他们以为这场决斗谁也看不见。

但却还是有人看见的。

瞧见了。

第一个瞧见的人,可能连戚少商和孙青霞都会大感意外的:

那是皇帝赵佶。

原来赵佶虽正与李师师蜜意情浓,胡天胡地,但不知怎的,他感觉有点不安。

不妥。

——可能是他曾在"熏香阁"遇过危吧,所以他特别警醒。

而且,因为他精通韵律之故,他也有一双比常人灵敏的耳朵。

——他的听觉甚佳。

他原来沉醉于温香绮玉之中,正要与李师师同衾共枕,携赴巫山,但他却不知怎的,在灭烛捻灯之后,在黑暗里,忽隐隐生起了好些不安的蠢动。

这很奇怪。

当大脑袋狂乱冲动的时候,小脑袋就特别享受欢快;当大脑袋清醒精明的时候,小脑袋就不见得也能酣畅淋漓了。

人就是这样子:

仿佛恢复兽性,就会恣意欢畅些——但只像禽兽般纵欲放任,结果通常都是福不耐久,自食其果。

(自己贵为九五之尊,也没有例外吗?)

奇异的是，今晚，搂着这样一具软玉温香胴体的皇帝赵佶，居然在这一霎间，作了这样（对他而言）不可思议的省惕，一时兴合合、冲勃勃的情欲，也顿消灭了过半。

许是在黑暗之中吧，赵佶怀里拥着绝色，心里却想起前些时候遇狙匿入床底的折辱，一时间，那帝王意态，英雄自况，也低落消沉，那话儿也一时不致斗志激昂，而他眼前，却忽而出现了一个景象：

古城墙。

冰天雪地。

大地一片肃杀。

墙尽处，拐弯，即见一古寺。

寺前枯树，石狮沧桑。

寺门边，栏杆处，又延伸着另一道曲折的围墙，墙里边好像有两个人，一前一后，意态落索，满脸忧怨之色，好像在那儿已很久、很久很久、很久很久很久了……

他们似在望乡怀国，等着回家，只路遥归梦难成。

那么苍凉的大地。

那么悲伤的人。

——那人，怎么那么熟悉……？！

再细看：在后的那人，岂不是他的一名特别宠爱的王子吗？他——他怎么变得如此郁忿苍老呢？！他这一惊非同小可，再看更为畏怖：

原来另在前面眼望天的人，白发苍苍，忧戚布脸，浑身散发出一股苍老无依、孤苦病愁之态的，竟是……

——自己？！

（怎么回事？！）

（怎么会出现那样的情境？！）

他顿时一坐而起，汗流满身，李师师忙揉揉着他肩背，关切慰问：

"圣上受惊了，是做梦吧？噩梦预兆着好事将临呢！圣上免惊，都是贱妾不好，服侍不周，才教圣上受惊——"

李师师心中也是狐疑：怎么这回这道君皇帝，兴致勃勃地来，而今却似惊弓之鸟，且疲不能兴，看来，不入宫的选择，那是对的，不然，一旦恩宠不再，冷宫枯守，生死难主，向谁凭依？红颜未老恩先断，要美美丽丽地过一世，就得要会要情，而且还要懂得先引人多情，但自己得要无情、绝情、不动情。

——可是，自己，能吗？

想到这儿，不禁心情一阵哀凉。

她竟连舍弃这皇帝也办不到：不但身不由己，也心不由己。

她知道他对她好。

——虽然那绝对不是天长地久、海枯石烂的好。

但这已足够。

——一个女人，能够有这样尊贵的一个男人，曾待她那么好过。

而且待她好的男人不只他一个。

——女人还能要求什么？奢求什么？

她对个个都感恩。

都有情。

——情能说断便断吗？

要是不够狠心断情，那就得伤伤心心过一辈子了。

然而，伤心的应是自己呀，这一向只知胡天胡地、自寻快乐不知愁的万岁爷皇帝，而今怎么神色那么郁郁伤悲起来呢？

她不明白。

也不解。

花不解语更妩媚。

何况是而今暖玉滑香、云鬟微乱、衣衾半露的她？

赵佶从不会不解风流。

——唯大英雄能本色，是真名士自风流。

何况他是皇帝。

可是，今夜，他却忽见两个这般熟悉的人（一个像是自己，一个像是自己的儿子），好像给幽禁在北国萧索的寒冬里，这是梦？还是幻？是真？抑或是空？

——唉，是不是该听民愤，好好地惩戒罢黜长年在自己身边阿谀逢迎的那干大臣呢？

赵佶聪敏。他其实只好逸乐，并不糊涂。身边的大权臣所为所作，胡作非为，他并非全皆懵懂，只不过，他们所做的正是他要做、想做、欲做而不便做的事，他们都为他做了，他当然心底高兴，难免重用、封赐这些人了。

可是，万一宠信这些人会不利于自己，这又另当别论了。

——也许，到了时候，也该早些放手，不问国是（事），安排退隐当个道君皇帝，安静无为，终日游山玩水，享受人间安乐吧！

（咦，刚才在似梦非梦中所见的王儿，自己也一向宠爱，会不会是神明所示，立他继承大位之意呢？那寺庙一片萧索，只有他

仍陪伴着自己,那是可以感觉得出来的相依为命,可寄深重之血脉亲情啊!)

——可是,却又怎地,王儿看自己背影的眼神,却是如此怨毒抑忿的呢?

到底,那是怎么回事?前生?还是来世?宋徽宗道君皇帝赵佶在绝代美人李师师的兰房馥馨倚玉的幽暗中,一时也想不明白。

是以他轻轻推开李师师,像推开了心中的一片微愁,不经意地望向窗外:

这正好,恰望见——

戚少商跟孙青霞在远方月下的决斗。

这时际,那两大高手,已立定身影,已动剑、出手。

出手不言情。

因为孙青霞还狞笑着在站定古檐后向戚少商说了一句话:

一句颇为激怒戚少商的话。

"你的'心剑'最好能赢我的'天剑',要不然,我这大色魔第一个就先奸了李师师。"

这句话绝对激怒了戚少商。

和他的剑。

第伍回 相爱 相怜 相怀疑

这世上，痴痴错错，又有谁知？谁分得清？

他手上的剑，有个名字：

名为"痴"。

只一字。

他拔出了他杀人的剑，同时也说了一句伤人的话：

"一个真正爱女人的人是不会强奸女人的。你大胆妄为、狂放任性，我都可以不管，但你近两个月来在京城至少干过十一起奸杀案，我杀你以祭天，以奠红颜，以泄公愤！你若干了这等事，就不配做武林人，也不能充好汉，更不配做人！"

他的脸白如雪。

衣白如雪。

剑白胜雪。

月也白似雪。

"雪"意陡然大盛。

剑意大炽。

剑攻孙青霞。

孙青霞一直盯着戚少商的手。

——不是看他的剑。

——也不是看他持剑的手。

而是看他拈着半谢花儿的手指。

他还说了一句甚为张狂的话："你说我做的我便做了，又如何！我奸尽天下美女，享尽人世之乐，快尽平生之活，你又待怎地？！"

他也还了一剑，就像还了一个情。

他的剑，也有名称：

"错"。

——他的剑名为"错"。

唉，这世上，痴痴错错，又有谁知？谁分得清？

他们离开得远，赵佶只望见两个白衣人在月下屋脊上决战，当然听不见他们说的话。

他只发现有一个人的身影很有点熟稔。

他看了只觉心中一寒：

——这岂不是上次在熏香阁狙击他的杀手吗？

（怎么今晚又出现了？！）

（怎会每次来这儿见李师师，都会遇上这等煞星。）

（莫不是这些亡命之徒今晚又是冲着朕来的？！）

——如是，他们却又怎会动起手来呢？！

说时迟，那时快，这两人已出剑，已动手，已过了一招。

孙青霞的脸发青。

他所立处，青瓦如黛。

他的衣衫淡青。

剑发青。

仿佛连头上那一轮月亮也是青色的。

"青"气骤然大增。

剑芒大烈。

剑击戚少商。

赵佶在窗里幽暗处，只看到月下那儿，那边，那上面，两人

手上一道白色的银光如水，一道青色的绿芒似水，各幻化成两条水龙，嗖地交击了一下；瞬息间，两条青龙白龙迅如急电地交错了一下，立即又回到双方的手上。

那一霎间，常年浸沉于酒色的，皇帝赵佶也没有看仔细；到底谁是青龙？谁是白龙？是白龙回到白衣人手里，青龙回到青衣人手里？还是白龙落到青衣人手中，青龙落到白衣人手中？

反正，青龙、白龙，还在屋顶那儿对峙着。

赵佶看不仔细。

也看不懂。

那不是诗。

也不是画。

更不是韵律。

这些他不但懂，而且精通。

——这些都是斯文高雅的"而"不似在屋顶上那些草莽之徒拿刀拿剑打打杀杀那么低俗。

可是，问题是，赵佶也隐隐知道：若没有这些提剑拔刀的，他的江山早不保了；而且，若这些拿枪搭箭的都转过针锋对着他，他就连龙头都保不住了。

他越想越心寒。

一旦心惊，就胆跳。

色胆子也就小了。

他难免想起在李师师这儿，一再受惊，一再受辱，况且这人儿虽美，也一样懂得动刀动枪的，跟江湖上的三教九流，也显然有密切过从，这里让他不能不心惊提防。

他一向很爱这怀里的人儿。

因为她善解人意，

他一向都很怜惜她。

可是他现在也难免对她生了怀疑。

他今晚也不想招惹那屋顶上决战的异人，由他们打下去吧，对这些江湖奇人异士，最好还是别沾的好。

——主要他们不是冲着自己而来，他也就不想、不须、不敢多追究下去了。

所以他再也待不下去。

他一提床上鸳铃。

侍从立即上来，进来，入来。

他匆匆就走了。

甚至没有再与李师师温存。

大家都不知道为何皇上这回是兴冲冲地来，却急急脚地倒踩着走了。

李师师却有些明白。

因为她从赵佶的视线望去：也发现了那两个在城里最高飞檐上决战的身影。

——他们对上了！

（他们是为何而战？）

——为圣上？为正义？还是为我……？

李师师瞥见皇帝在黑暗里发亮的目光。

她没想到这长年耽于声色舞歌的皇帝，居然还有那么睿智清亮的目色。

——尤其在这幽漆的黑暗中，分外清亮。

她一直都没察觉他还有这一点。

她忽然觉得有点感动：这个平日荒淫萎靡的一国之君，却在有人决战的月夜里亮着眸子在房里陪伴她。

她为这感动真不惜为他死。

——只要他这时再叫她入宫，她就算是一入宫门深似海，她也一往无前、义无反顾。

可惜他没叫。

也没再召。

他走了。

只剩下了她。

在房中。

还有他匆匆行色竟留下一袭流黄色的内服，铺在床上。

衣上隐绣着一条龙。

张牙舞爪的龙，伏在床上很安静。

那是一条黄龙。

她就拿起那件内服，坐在床沿。看了一会儿，放在鼻下，嗅了一嗅，放到口边，对着龙头，咬了一口。

在外面，戚少商、孙青霞交手各一招。

是第二招。

第一招，没动剑，只挪移了身形，转移了位置——转到有利位置才动手，而且在挪转的过程里谁也没让敌手有可趁之机，也是一种过招、交手。

如今是第二招。

两条剑龙、水龙自长空划过。

又各自回到双方手里。

心中。

第陆回 梦断故国山川

这京华之夜。古都之月。或许,人生里总有时刻,出入时空,周游天地,上下无碍,进退自如的时候。

皇帝回去了。

他不禁意兴阑珊。

——不但惶惊不安,也带着些微少许的伤感。

(……那两个在北国寒冬、郁郁不乐、于思满脸、愁怀忧郁的人,怎么如此熟悉?)

(一个似朕!)

(一个像是桓儿。)

(这是怎么一回事?!)

(路遥归梦难成,梦断故国山川——江山如此多艳,怎么一下子就出现那么零星落索的情景,令人感伤!)

(唉,但愿是梦是幻。)

(唉,那不是真的。)

宋徽宗始忐忑不安。

于是意兴索然,摆驾回宫。

他却不知道,在这一夜里,古老的月光下,苍老的屋脊上。这一个神奇幽艳的时刻里,发生了许多吊诡行异的事:

戚少商看京城上空竟在恍惚间,看见自己的前身、后世,以及俯视这城都的未来。

然后他与孙青霞决斗,就像跟自己作一死战。

李师师却因他夜里望向窗外一双发亮的眼神而不惜为皇帝而死,但却因他匆匆而去,只留下夜里床上一袭黄色龙服而立定主意:决不入宫为妃。

皇帝呢?

赵佶却看到他的不幸。

以及他所宠的太子赵桓的牺牲。

还有他们父子两人的结局。

这京华之夜。

古都之月。

或许，人生里总有时刻，出入时空，周游天地，上下无碍，进退自如的时候。

然而，戚少商与孙青霞的激战未休。

他们出手一招，未有胜负。

于是他们攻出了第二招。

第二剑。

孙青霞长身而起。

犹如一只白鹤，激起了他顶上的怒红，如同竹叶，回到了他的青竹上。

他一剑劈下去。

直劈。

独劈戚少商。

戚少商身形一伏，龙之腾也，必伏乃翔。

他是一个善于伏，故更擅于起的人；他的屈是为了伸，他的退是为了进，他的低低是为了有天高高在上。

他的剑斜斜抛起。

剑抵孙青霞。

一剑自下而上。

一剑自上而下。

一月天下白。

衣白如月。

人白如衣。

剑白如雪。

犹胜于雪。

但血呢？

——要是在这月夜里激迸的英雄血，是不是比血更血，比雪还雪，比血红？！

然而，不止是赵佶一个人看到他俩的决战。

赵佶是其中一个人。

在这京华之夜里，有三个人，同时看到这一场决斗。

道君皇帝是第一人。

他从中也获得憬悟。

但他不是唯一的一个，也绝不是唯有他能有顿悟。

发觉这一场剧战的，还有两人。

但不是李师师。

她无心观战。

她是女的。

她也习武，但不好武。

女人重情。

她只关心如何去爱，可是爱一个人，实在艰辛；她们有的只好去恨，不过恨一个人，也太过艰难。

情是最伤人伤自己的。

男人至忠心的是义气，不是爱，义是他的情怀。

女人是活在气氛中的。

所以女人钟情于爱。

英雄就是一种传说的气氛，让人错觉自己才是让豪杰情有独钟的美人。

所以女人爱英雄。

其实她们不爱他们的决斗：血肉横飞的，那不好看。她们爱的是他们为她而决斗的感觉。

她们是希望为她们决战而她们又爱慕的人，能平安无事且一定要凯旋。

回到她们的怀抱里。

然后对她们的话千依百顺，就像她一手生养成人的婴孩。

这才是她们心目中的男子汉。

——永远肯为她死而不是真正的送命，一直爱护她但又肯原谅她的，才是她们深心里的情人。

所以女人正常嫁给丈夫。

丈夫没有这种质素。

——而好多人，她们总是认为：不是死光了，就是没教她给遇上。

是的，李师师尽管是遇上了一场大决战，她也关心这两个人，两位朋友，但她却无心去观赏、调解。

你若无心我便休。

我若有意又如何？

休休，明日黄花蝶也愁。

李师师心中有一种凄落、孤伤的感觉。

她只希望赵佶、戚少商、孙青霞他们都不要死。

——要不然，都打杀了算了。

要是一定得不到，她也什么都不要了，干脆毁了算了。

这一场决战，毁了的却不是李师师的斗志——女人有的通常不是斗志，而是死心眼。

然而它几乎摧毁了一人的斗志。

以及信心。

——他当然就是宫廷里号称国师真仙的黑光上师了！

第柒回 细看涛生云灭

悟是一种破解,对熟悉或陌生的事都有一种彻底的理解,这得要看机遇,淬啄同时。而且是直指人心,出情入性、如冷水浇背、滚汤浇雪的省思。所以顿悟最是珍贵。

其时道君皇帝赵佶笃信道教，十分重用道士、方士，以致道观林立，道教兴旺，道学流行，却术士干政，妖道盛行，成了一股末世横流，神仙异说，大行其道。祸亡无日，已早见其端。

赵佶原崇信佛教，唯嫌信佛对他好奢极糜的诸般嗜好难免压制，加上想永享富贵权势，而又要求长生不老，故舍佛入道，以养生、采补、炼丹、灵异来满足他自命仙班、自欺欺人的想法。并异想天开，要在短而急迫的有生之年达成他升仙永寿之欲，这使得不少方士如林灵素、王仔昔等以蛊惑、淫巧之术，骗取他的信重，一时间，赵佶压抑佛教，道教势力，已达顶峰，岂之更甚。

詹别野原是佛门一名小沙弥，几经修行，终升为寺院副座。但适逢道教日盛，佛教消沉，他一咬牙，自封为道教真人，创立"黑光法门"，自称有呼风唤雨、知人心事之能。蔡京与之交往，利用他的言语诡谲，假借天意，向赵佶求其所需，故将之引荐赵佶。赵佶见他面演法术，能顷间将一杯冰水燃成火球，又能将一沸水瞬间结冰，更能把白纸变黑，黑夜早一个时辰到，却不知这只要有过人的内功，对时序逆搅的知识，以及加上一些骗人的小巧便能做到。其对詹别野便深信不疑，见他崇黑好色，奉为"黑光上师"，送美妇供其淫乐。

刚才在这夤夜的京城里，尚未熟睡，仍与妇人胡颠厮混的，便是这"黑光上师"詹别野。

他原本因受赵佶信重，赵佶既来"杏花楼"会李师师，他便也过来保驾，不过，赵佶既已跟白牡丹颠龙倒凤去了，他也不甘后人，抱着个如花美女寻好梦去。

但他毕竟有过人之能。

他颠归颠，却闻得有异响。

他马上警觉。

他翻身立起。

可是他胯下妇人意犹未足,不知他因何忽而鸣金收兵,还要把他撑起的粗脖子搂倒在她低低的盆地里。

黑光上师好色。

但他很精明。

精明的人,总是分得清楚:什么时候该糊涂。

——这就是绝不可以糊涂的时候:

皇帝就在三栋屋宇外的"熏香阁"里,但有高人却在不远处交手决战,万一出了事,他可担待得起?

他心里清楚:他的华衣美食,仆从如云,美妇爱妾,崇高地位,全是受道君皇帝宠护而得来的。

——所以这皇帝的安危是他最重视的,事关他的成败荣辱,也是他衣食父母。

所以这时候他再也不图一时之娱。

他伸指骈点,封住了那躺在床上、如同一条大蟒蛇般在翻涌折腾的白皙女人身上之穴道。

——说实在的,他也刚好有点疲不能兴。

——胡天胡地,还有的是时候、对象;但这皇帝老板万一有事,自己可是荣华富贵一场空了!

——轻忽不得!

他一蹿身,到了窗前,露出一对眼睛,望到了那一场决战:

这时候,戚少商、孙青霞恰好到了第二次出剑!

剑光是一霎。

惊雷响千秋。

他看到戚少商一剑向上撩去。
然后,那就不是剑光了:
而是火光。
一团火。
——一团生命之火:
这剑客竟把他生命的全部光芒,全盘注于这一剑上了!
他的武功原本也极高:他的"黑光神功"原本就聚合了天地苍穹间一切黑暗无边力量。
黑暗原就是无尽的。
他的内功也是无限的。
他一旦出手(尤其在黑夜),仿佛也跟黑暗结为一体。
光明短促。
黑暗亘长。
所以他才是胜利者,可以笑在最后。
——别人练的都是光明的武功:有的是以掌、拳、内功来修习,有的却是用剑、刀、枪来修炼。
那是光明、强烈、莫以争锋的力量。
可惜,练这种仰仗光明之力的功夫愈高,功力愈是薄弱。
烛光总有燃尽的时候。
太阳也终将落山。
黑暗才是真正的高人。
——唯独他练的是"黑暗之力"。
所以他内蕴,而且强大无边,像黑夜一样无可抵御。

可是他而今乍见：

那一剑。

——那不是剑。

而是生命。

——把生命燃成一团火的光芒！

——他震惊。

——他畏怖。

——要是那一剑是攻向他，他也不知自己能否抵消？

（可不可以接得了这一剑？！）

——光明来了，黑暗必将消散，且无所遁形。

（难道这就是邪不胜正？黑不如白？黑暗终将遭光明逐走？！）

他正怀疑之际，却又见另一道剑光：

剑直向戚少商劈下来：

剑光成了火。

火焰。

—— 一把激情之火。

这剑手竟把他的全部情怀尽化作这一剑：

且一剑就斩了下来！

在这晚之前，黑光上师一直以为光明难以久持，黑暗定必吞噬一切。

但现在他看了这一剑如火、那一剑似光之后，他的想法受到了极大地冲击：

原来光明真的可以战胜黑暗。

可是他的力量却来自黑暗。

这样说，他岂不是一个天生的失败者？

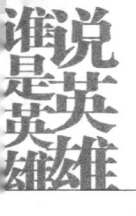

现在再转到光明那一边去，还来得及吗？

还是自己硬着头皮，再强撑黑暗下去？

要是把黑暗练到最顶峰，是不是就可以消灭光明？

但他却天生喜欢黑，老爱躲在暗处，他恨光！

他生来就不喜欢光亮，又教他如何站到光明的那一边去？

既然他不能与光明为伍，他就只好与光明对立了。

只不过，能取胜吗？

——能。

这是他以前的答案。

可惜，他现在却看了这如火如光的两剑。

他改变了想法：

假如是一种光，那么，黑暗也是一种光，只不过光的色泽不一样而已。

——黑光。

要是邪终不胜正，光明终于能打败黑暗，可是，只要"黑光"也是一种"光"，那就是以另一种"黑色的光"来取代"白色的光"，那就不能算是黑和白对立了。

也许这便能反败为胜也未定！

在这天晚上，詹别野目睹了戚少商与孙青霞这一战，愣住了。

他心中无限震惊，甚至动摇了他一直以来对黑暗的钟情与坚持。

他甚至发生了彻底的转移。

他从那两剑交错间发出的光明之美，因而顿悟了黑暗绝不能胜过光明，除非——

黑暗也是一种美。

一种光。

——就像月亮一样,阴柔也是一种光芒。

他的转移是:

本来是黑,现在是白,那两剑互拼成了他从黑暗里步向光明之门。

他此际还见"黑"不是"黑"。

他看到的仿似山川大地,日月山河,他只细看涛生云灭,然而,涛不是涛,云不是云,他已云雨涛浪分不清。

只溅得一身湿。

换了一阵惊。

——弃暗投明。

但目睹这场的却不只有他和皇帝赵佶。

另外还有一个人,亲睹这场午夜月下古檐上两大高手的决战。

这人却不惊。

只悟。

顿悟。

经验并不难得。

——一件事,做久了,自然就有经验。

心得也不罕见。

——对一件熟悉的事有自己的看法就是心得。

但悟最难。

——悟是一种破解,对熟悉或陌生的事都有一种彻底的理解,这得要看机遇，淬啄同时。而且是直指人心，出情入性、如冷水浇背、滚汤浇雪的省思。

所以顿悟最是珍贵。

明白易。

了解从容。

彻悟最是不可多得。

第捌回 满座衣冠似雪

看到他这样呼吸可以感受得到,能够呼吸,是何等欣喜开心,简直是天地同采!

各攻一剑的戚少商和孙青霞，各不再攻，各收回他们的剑。

然后就在这时候，孙青霞突然做了一件事：

他做的事在这时候无疑十分奇诡，也非常不协调。

他居然左拧腰，右拧腰，沉左肩压右马，沉右肩压左马，然后，又站直身子；左拧颈，右拧颈再甩右肩，右手轻拍左肩左手拍打右背胛，甩左肩左手轻拍右肩右手拍打在背胛之后，又站好身体；左拧腕，右拧腕，却又耸左肩平右腕贴压左脚眼，耸右肩平左腕贴压右脚眼。如此往返来回，做了数次。

谁都看得出来，他在做"五禽戏"。

"五禽戏"动作是一切内功的初步，一种动作与内息调匀的基本方法，一点也不足为奇，不是罕见绝学。

奇的是孙青霞居然在这时候做。

——难道他忘了这时候正是跟戚少商决战，而且正打得难舍、未定胜负！

——难道他眼里"没有"戚少商这号大敌？！

难道他已胸有成竹？

难道胜券在握？！

——还是他在出了那两剑之后，马上省觉当务之急便是：

放松自己？

放松自己在这一刻间竟变得如许重要，莫非是在下一场（或下一次出剑里）是一刻也放松不得的决战，要聚集他平生的生死之力才能应付？

他忽然不攻了，却在月下檐上做出许多放松自己、舒筋活络的动作来，显得跟这场舍死忘生、惊天动地之战，很不协调。

但更不协调的是戚少商。

他们交手已三招。

动剑两次。

看情形他们必会有第三次驳剑。

可是，戚少商居然在这千钧一发的时候，缓缓闭上了眼睛，深深吸了一口气。

他慢慢吸气，似享受空气深入浸入在每一部分、分枝开杈肺泡里，而且分外感受那种给气膨胀、充实的每一部分，然后他才徐徐地吐出了那口用过了、可以废置了的气，他吸得那么深，吐得那么慢，仿佛依依不舍地在享用那一口气的渣滓及其所有价值。

他在享受。

——看到他这样呼吸可以感受得到，能够呼吸，是何等欣喜开心，简直是天地同采！

突然他在运气调息。

——而且还是闭上了眼睛！

更且值此时分！

这是他和大敌也是劲敌的孙青霞决一生死之际！

他竟敢闭上了眼睛！

——这时候闭上了眼睛！不但是形同把自己的性命交予敌手，更是对敌人最大的侮蔑与轻视！

他居然闭目、养神、运气、调息，似乎还在寻思、冥想些什么。

且似忽然想起了什么事，眉一扬，唇边抹过一丝相当冷峻、冷酷且冷艳的冷笑。

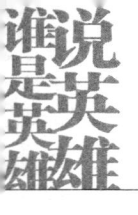

他在想些什么?

为何要瞑目?

他没有看孙青霞便自然不知道孙青霞在看他。

孙青霞正在做一些柔软的动作,也不算直视戚少商。

他看的是戚少商的手。

那一只拈着花儿的手。

在飞檐下,有一汉子挑着两桶"夜香",恰好经过。

这夤夜挑粪的粗鄙汉子,忽然感觉到什么似的,就抬起了头。

抬头就看见屋顶上、古檐间,有两个白袍人、雪衣人,正在决战。

屋脊上,原雕几列顺着瓦之势斜排着的神兽仙禽,映着月光,坐落在那儿,端的是满座衣冠似雪。

春将尽。

初夏凉。

挑粪汉子却觉得一阵寒意:

仿佛,雪是不会下的,但只怕很快就要见血了。

月光下,屋顶上,那儿有一场生死决战。

就在这时候,戚少商陡然睁开了眼。

孙青霞却霍然做了一件事:

他一剑掷向戚少商!

这一剑幻化成千剑,像百道青影,投向戚少商!

戚少商凝立不动。

看准了,觑准了,盯准了"一字剑法"中的"一笑视好",人剑合一地发了出去。

人没笑。

人冷如冰。

剑却笑。

剑发出像笑的啸声。

这一剑恰好挑在那一剑飞来的剑身中央。

不偏不倚。

正好正着。

他的剑尖只轻轻一触,便一道银光把那一道幻化成千道呼啸旋转而来的青光,呼的一声,不知挑得剑到哪儿去!

这下孙青霞岂不是成了空手?

——然而戚少商手中仍有剑!

这下岂不是胜负已定?

已?

孙青霞仍在发动他的攻击。

他这一次,主力不在剑。

而在琴。

他就在戚少商接剑的一刹那间解开了他的琴;

不只是裹琴的绒布。

——而是把整口琴都瓦解了!拆开了。而又及时迅速熟悉飞快地重新组合起来:

而且还即时组合成一件很特殊的事物。

这事物是:

长形。弯曲。有道管子。有扳扣。匣带子钻有金色大花生米般的东西。

然后他把这中空管子对准了戚少商。

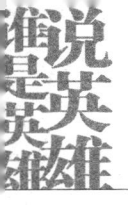

然后便发出了一种极为奇特的声响：

腾腾腾……

> 稿于一九九五年三月十八日至廿三日：自成一派诸爱将入圳／詹念孙入圳回合／深恶痛绝，斩情／王朝热烈招呼／诸兄弟食于重庆游神曲会议三四场／女读友许云霞索相可爱／新报、星岛、联合报同催稿／赖世华守诺付款，催促"少年无情"稿／"港台澳暨海外华文作家大词典"收入多项资料／益叔、奶嘴、黑光俱应约赴圳。
>
> 校于同年同月廿四日至廿七日：报约提早，阵脚大变／与陈乃醉、荷包、梁仆12鹏城行／花城开始推出温瑞安全集系列，精美／发现大海报，触目／赖夫妇先交五万订银／三叔公傍晚到会，手足们有意筹划在港推出"少年无情"／与孙纵横、陈奶嘴、何秘书、梁助理畅玩，游中国民俗村，大吃陕西菜／胃口大开，斗志恢复，情关困不住／子急撒，从此无踪／我GF中，木品德最劣／L又一天造成七八次破坏，且成全每之危局，可恨／欲离伤心地，但反激发贪狼斗志，决创"龙头"留鹏城，大展拳脚。

【第玖章】醒握天下权

〇九六·第一回 踏破贺兰山缺
一〇二·第二回 今古几人曾会
一〇九·第三回 一时多少豪杰
一一五·第四回 量才适性·随缘即兴
一二一·第五回 自求快活·不寻烦恼
一二六·第六回 路遥幽梦难禁

第壹回 踏破贺兰山缺

他们的决战是一场偶然。他的出手也属无心。然而世上大事,往往是在偶然中发生的,而生命里最重要的事,也亘常是无心造成的。

今夜的月色分外好。

照在大街的挑粪汉心里分外明。

且亮。

——因为他的瞳仁不仅是因为月色而点亮,更因为古飞檐上那一场灿绝古今的以及那雪意的决斗剑光和绝世兵器之神光而燃亮。

燃亮了他的斗志。

——点着了他本已熄灭的希望。

他是谁?

他只是名挑土粪的汉子。

但是一名叱咤过、威风过但后来负伤过、惨败过,而后失意潦倒偷偷退出江湖而今在寂夜长街里挑大粪的武林人:

这人也许是还记得;

许或大家仍认识;

他姓雷,名滚。

——雷滚。

从前的雷滚,稳坐"六分半堂"的第六把交椅,坐守"破板门",六次击退意图入侵的大敌,受到总堂主雷损的重用,声势一时无两。

当年的雷滚,一双虎虎生威的大眼,看人时如雷动一般地滚扫过去,说话的声音也似雷声滚滚,一掌一动,虎虎生气,加上他左手使九十三斤、右手舞九十九斤重的"风雨双滚星",为奇门兵器之最,号称"风雨双煞"威震京华。

可是在"破板门"之一役里,他给"金风细雨楼"楼主在受

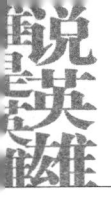

伤的情况下,以凄艳的刀光轻易击毁,不但毁了他的双滚星锤,还在举手投足间在他面前斩杀了他的兄弟,更击毁了他的信心。

这还不够。

信心大挫的雷滚,痛定思痛,受到极大的震吓,给苏梦枕收揽了去,在重要关节上,背叛了"六分半堂",以迷魂烟,暗算狄飞惊。(详见《温柔一刀》)

结果更惨地一错再错,错得不可收拾,一败涂地,

他被一向看来无缚鸡之力的狄飞惊,一记匕首贯穿胸膛而过。

但出奇的是:

他没有死。

他还活着。

——匕首只穿肠而过,并没有穿过他的心。

他有过人的生命力。

他竟然未死!

他居然未死!

他还活着。

活着——但他已不再是雷滚。

他现在肩上挑着的已不是"风雨双煞流星夺命锤",而是人人都遗弃的渣滓粪便!

他显然活着,但心已死:

雄心已灭!

历经了那么多打击、挫败,以及尝过死神刀锋的雷滚。

他已无斗志。

往日的志气如故,今已心衰欲死。

他既无脸面存身于"六分半堂",更不能容于"金风细雨楼",京城武林,已无他立足之地。

偏生他虽心灰意懒,却又不知怎么,仍不肯离开这多是非、多变迁、多纷繁、多梦幻、多势利、多所争的京华之地。

他仍留下来。

却成了个挑大粪的潦倒汉。

——往日的风雨流星,今日的午夜留香。

他已不介意。

他信心已失。

信念已然粉碎。

直至今天——

这个月夜里:

他看到飞檐上的决战。

——以及他们的招式和武器。

他看到了两人的决战:

这才是真正的战斗。

——只有这种方法才能对付狄飞惊。

倏忽莫测地出手!

他眼睛发了亮,不只为两人的招法与剑法;

而是因孙青霞的"秘密武器"!

——他曾构想过这种武器!

——以"江南霹雳堂"雷家独研的火药,加上实际上统管了"六分半堂"雷家子弟的人才济济,他们绝对能制造得出像在那月下白衣人以琴为杀人百数十丈外的利器来!

虽然，不知道这"武器"叫什么名字，但他只看了一眼，便永生难忘。

他永远记住了。

他矢志、立誓，要在有生之年，制造出这种兵器来！

而且还要大量制造！

若有那么一天，他必能吐气扬眉。

——那就是他报仇雪恨、光大雷门的时候了！

他看到了那武器，就重燃了信心，重新有了希望。

尽管他此际肩上挑的是大粪，但他却如同以一双铁肩，担起了整座江湖的命脉，整个武林的经络。

他看见了这一场决斗；

看到了这一件武器。

——他眼里的决斗，不再是一场决斗。

而他心里的武器，却仍是一件武器：

那就是一件可以主宰的、也足以主宰他日武林的武器……

他要模仿。

他要制造。

——虽然，他仍不知这"武器"叫什么名字，该叫什么名字。

他只知道，这兵器一旦使出，就有一种"踏破贺兰山缺"，惊天地而泣鬼神的气势。

那像是雷一般密集滚动过。

他喜欢这种气势。

他爱上这种声音。

他觉得这声响杀势，很像当年的他自己！

那有点像是兵中之霸：

枪。

还有炮!

就算在屋瓦上决战的戚少商和孙青霞二人,也不知道街心有个挑大粪的汉子会有这么大的震荡,这么深刻的想法。

连孙青霞也不知道这武器一出,让那挑大粪的汉子看了去,日后会对武林、江湖乃至大宋江山天下,有那么巨大的影响。

——大得足以亡国、杀天下人、毁掉世间一切。

他们的决战是一场偶然。他的出手也属无心。

然而世上大事,往往是在偶然中发生的,而生命里最重要的事,也亘常是无心造成的。

可不是吗?

第贰回 今古几人曾会

> 他不求夺目,但最后还是他最好;他要求幸运,不过到底他为自己创造了命运。

世上有一种人：不鸣则已，一鸣惊人；不飞则已，一飞冲天。

他平时不出手，一出手就非凡，就要命，石破天惊。

平素的孙青霞，杀性很大，必要时，他杀人绝不手软。

但他平时绝少使这一招，用这种足以动地惊天的武器。

世间也有一类人：是从大大小小的战役里打上来的、站起来的、而且还站立不倒的。

他遇上高手就施高明手段，对上低手也无妨，他使的都是平凡手法，总之遇神杀神，遇佛杀佛，但也见魔除魔，逢邪辟邪。

凡人遇上他也觉得很对味儿，高人遇上他便知是绝顶高手——那是王小石游戏人间的特色。

戚少商却是那种咬着牙、皱着眉、紧抿着唇、没有好运气的自己创出一条好时运的大道，有志者事竟成——不成也至少会有收获的那种人。

他不求夺目，但最后还是他最好；他要求幸运，不过到底他为自己创造了命运。

今天他的出手，就很非同凡响。

他的剑法更疯狂。

他的剑招不像孙青霞、冷凌弃的"不要命、只要拼"，但却是一种背叛命运的方法。

——一种背弃了自己命运的剑招！

是以，他才挑飞了孙青霞的"错"剑，却乍见敌人已"拔"出了另一件"武器"。

而且，那"武器"发光了：

还"开火了"！

他的反应是：

不退反进。

猱近——

出击!

他好像算定孙青霞会亮出这种更可恨的武器来!

所以他也早准备好了应付之法。

可是他应付的方式很"原始"。

他竟用左臂一抡!

右剑直取孙青霞!

他竟不闪／不躲／不避／不退／不缓一缓／不停一停／不稍让一让那"可恨的武器"的锋芒；

他宁牺牲一手，直取对方之命：

他那拈着花的手!

腾腾腾……

火光迸溅。

火星四冒。

一下子，戚少商的手几乎给砸了个稀巴烂，但他的剑已正取面门、直刺面门、并在比蚊子的体积还小的隙缝间陡然顿住——

要不然这一"痴"剑就要洞穿孙青霞的印堂。

剑光就溅在孙青霞双眉之间：

不发。

明月当头。

冠盖京华。

——斯人憔悴否？

否。

孙青霞的神情依然是那种故我的飞扬跋扈。眉宇眼色间仿佛在说：

——杀了我吧！怎么？你不敢杀？你吹我不涨、你咬我不入、你啃我不下、你骂我不怕，就看你敢不敢一剑把我杀了！

（杀了我，不大快人心也是可大快我／你心呢！）

——生死有命否？

若有，而今他的性命，就悬于戚少商剑下手中。

戚少商理应杀了他——就算他们原无巨恨深仇，但孙青霞至少也毁了戚少商一条手臂。

他以手上的奇特"武器"在几响"腾腾"声中，炸掉戚少商一只手。

谁都不愿独身终老于江湖；何况独臂！

他的一只手已中了孙青霞的毒手。

可是奇怪的是。

戚少商的样子看去，并没有恨。

仿佛也不很痛。

——一臂已碎，岂能不痛？！

十指尚且痛归心，何况一臂！

然而戚少商的神态仿佛依然悠悠着依恋，闲闲着闲情。

两人就僵在那里：

凝・立・不・动。

凝・立・对・峙。

戚少商的剑尖，指着孙青霞的眉心。

孙青霞手上的"武器"对准着戚少商的身子。

月落。

乌啼。

霜满天。

剑花。

杀戮。

京华夜。

悲欢离合事。

阴晴圆缺梦。

命无全美。

退无必好。

鸳鸯不是蝴蝶，狮子遇着神雕；一个战天斗地，莽撞天下，一个创帮立道，独步武林——他们却在此京华月夜，决一死战：

谁胜？

谁负？

三十功名尘与土，

八千里路云和月。

凤凰台上凤凰游，

凤去台空江自流。

——今古、几人、曾会？

天下、无人、识得！

这一战，的确没几人曾会。

——没有几个人能适逢其盛。

但"黑光上师"詹别野肯定是其中之一。

不过他现在却吃了一大惊。

也吓了一大跳。

因为他只看了戚少商与孙青霞的第二剑。

（第三次交手），就大彻大悟大解脱了，正要定神留心观看他们的第三剑和第四剑出手，意外发生了：

"呼"一声，一道青龙飞来——

——"夺"地插在他的窗棂上！

剑直入木及锷。

剑柄兀自颤动不已。

剑离他面前只三寸，贴近他的鼻端！

——三寸之遥！

他愣住了；一时，不敢有任何动作，连眼也不眨。

剑在他眼前。决战在远处。

——到底，这是故意？还是巧合？（他们已发现了我在偷看，特意示儆？还是示威？）

——（是拔剑一拼？还是打出黑光？）

战？还是逃？

参与？迎战？还是离开？逃亡？

看看在黑洞里兀自舒亮着的一截青锋，詹别野不禁涌上一腔热血，又淹来一阵悚然。不知怎的，他忽然在心头挥过小时候读过一首名画家写的诗：

破伞孤灯两脚泥，

上街卖符买东西。

路遥偏是归来迟，

战战兢兢怕鬼连。

不幸的是，他现在就是这种心情。

——枉他是一国之师！

可笑的是,他此刻就是这个意思。

——亏他还是武林高手!

他的确不想去面对,这在月夜里以太阳般的光芒决战的白衣雪袍高手!

第叁回 一时多少豪杰

英雄所见略同。豪杰意志相同。——这原就是必有雷同，不属巧合。

岁月流止。

时间静止。

——仿佛连月色都凝结成了冰河:

乳色的冰河。

——岁月长河,人生寂寞。

一时多少豪杰。人生如梦,高处不胜寒。

剑锋上的寒意,使孙青霞的喉头炸起。

一粒粒的疙瘩。

(冷啊。)

(原来接近死亡的时候,是那么冰肌寒而彻骨冷的!)可是,孙青霞连眼也不眨。

剑锋仍指着他的眉心。

剑风却已侵入了他的心。

但他凝立迎风,望这剑锋。

也望定了指剑的人:

——拼着给毁了一只手也要把握住这刹那空隙之下的戚少商。

他看着随时可以取他性命的剑,还有取他性命的人。

在另一头的黑光上师,却也盯住那一把兀自晃动的但无意要取他性命的剑。

他仍在心念疾闪:

该逃?还是该挺身?抑或拔起了这把剑?

——拔出了这把剑,是不是就得要面对恩怨和情仇?

——不理会这把剑,是否就可以免去一场杀战之灾或血光之灾?

他却不知道，在不久前，京城曾有一场惊心动魄的决战，张铁树、张烈心、还有方应看以及雷媚，一齐出手狙击王小石，而王小石就用一块砖石，假意打空，却迎向六龙寺围墙外十数丈远的石塔内，把正在塔内偷偷观战其间想找便宜来擒的白高兴、吴开心、郝阴功、泰感动四人同时杀伤，还震惊了当场的一流高手叶神油。

——王小石那一块随手而发的砖石，它生起的作用，跟今晚清风明月、古都飞檐上戚少商剑挑孙青霞的"错剑"，正打入黑光上师面前的情境，竟又是十分的近似。

英雄所见略同。

豪杰意志相同。

——这原就是必有雷同，不属巧合。

戚少商看着自己给轰得七零八落的一只左手，只剩下几缕破布残絮迎风映月飘，飘飘，恍恍。

他看看自己的残肢，奇怪的是：脸上却浮现了一丝残笑。

这时出现这种笑意是残忍的。

甚至是狠心的。

他也是为奇诡又略带冷酷地说："可惜。"

可惜？

可惜什么？

——还是为孙青霞惋惜：终于还是毁于他的剑下？

他这句说得很冷淡。

也很冷酷。

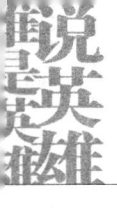

他说得很含糊,听的人也不很明白。

孙青霞却听明白了,所以他说(也是答):

"的确可惜。"

他完全同意戚少商的话,但却是由衷的,而不是因为在对方剑光下而震惊、屈服、附和、求饶。

他的话还没说完:

"——我的确不该把自己绝密武器轰在你那一只手上——"他说,"你那只手本来就是空的。"

戚少商酷然笑了一下,笑意里没有喜悦,只有孤寂。

"我本来就是剩下一只手,"他道,"也只剩了一个人。"

孙青霞居然还有点好奇地问:"你那一只手做得那么完美,那么细微,居然还能拈起朵花儿——它大概出自四大名捕之首:无情的手掌吧?"

戚少商反而奇道:"为什么你视为是他制造的呢?"

孙青霞坦然道:"只有他那么精细唯美的人,才会制作出那么精美得能够拈花拈出了意境的假手。"

戚少商喟然:"你说对了,也猜对了,那的确是出自他的手笔。"

他的人有风格,连打出来的暗器、办案的手法,也有强烈的风格,没想到连他制造出来的东西,也一样瞒不过别人的眼睛。

孙青霞却安慰似的道:"——要不是真的瞒过了,我又何故须把杀手锏全部耗尽在那一只假手上呢!"

戚少商感慨地说:"但到底还是毁了他精心制作的一只手——他恐怕再没有时间为我多制一只手了。"

孙青霞道:"但毁掉一只假手,总比废掉一只真手的好。"

戚少商同意："那的确是好多了——你的杀手铜很有毁灭一切的力量，要不是我有这假手挡着，我绝近不了你。"

孙青霞方明白："看来，你早准备接我这一记要害的了。"

戚少商幽怨地道："你有什么秘密武器，其实我是不知道的。不过我却知道你逼出绝招了，而且也认定你有极为可恨的攻势，留待这一击施展。"

孙青霞奇道："我们其实还素昧平生，你却那么了解我？"

戚少商笑道："我们其实早就交过手了。"

孙看霞一愕："几时？"

戚少商道："下棋。"

孙青霞更说："我没跟你下过棋。"

戚少商微笑道："对弈过了，还常下呢！"

孙青霞怔了一怔，随即顿悟，恍然道："你指的是……师师？"

"对！"戚少商道，"我教师师弈棋，她初远不如我，也无章法，后来杀伐凌厉，且大开大合，气势凌厉，我就知道必有高人指点。后细想领会她的棋艺布阵，从那儿了解了你的心境和手段。"

孙青霞这时才舒了一口气，笑道："原来如此，知己知彼，百战百胜，你对我手法早看透了……看来，我输得不冤。"

戚少商更正道："你没输，我要诈。按照道理，你先炸掉我一只手，我负痛之下，断不可能还趁隙近得了你身，制得了你。"

孙青霞笑了。

很傲。

——傲笑。

他说："方今天下，皆以成败论英雄。今夜，我即使是败了，

你也不必来与我圆说,少来安慰我。"

戚少商依然坚持:"你是着了诈。不是输了招。"

孙青霞却舒然道:"要你光是以一剑指着我,那还勉强说得过去——可是,你现刻,以一剑制住了我,我的命已在你剑尖之下,随时可取,连偷窥的言无密……现在他大概已换了姓名,号称为'黑光上师'了?也一样让借招使力、借势飞剑慑住了……"

他倦乏地一笑,反问:

"这还不算赢了,当真岂有此理!"

第肆回 量才适性·随缘即兴

成败起落不关心,悲欢离合好心情!

他们在高檐、明月下，对话不算响亮，总是平平淡淡地说，冷冷静静地道，侍卫们若非保驾走，以他们过人的功力与听觉，总是可以听得见他们的对白。

原因是：

这两人经一场惊心动魄的决战后，胜者一直要表明他没有取胜，至少也在说明他胜之不武；败者一直强调他是战败者，绝对是败得很服气。好像是，一个觉得取胜是一种屈辱，一个认为失败是很光荣的事似的。

——可谓：决战惊心，结果好玩。

更好玩的是戚少商迄今仍不认为自己已取得胜利——至少，赢得并不光明正大。

"我是从师师的棋艺中，知道你出阵对招，必定犀利，但一旦遇上劲敌，就会先潜而后蛰，再应机一翔直入九天之上！我见你在战斗中，忽止攻势，改作甩手操，知道你是必伏乃翔的能退为进之法，更可怕的攻击力必接踵而来。是以，我才养精蓄锐，以残肢挡你一击，趁机操进，乘隙偷袭。你的战略先暴露了才致落下风，我不算凭实力赢你。"

孙青霞的头立时摇得拨浪鼓似的，哈哈笑道："谁说阵法韬略，不可取？谁言取敌夺城，不能攻心？要这样也不算赢得漂亮，那么孙子孙膑诸葛孔明的种种威武事迹，却成了笑话了。"

然后他也正色道："我的几手动作，俗称'甩手操'实误，因这动作不仅包含初学者为了甩操之形式而已，同时还是心、肝、脾、肺、胃，连同脚、头、颈、肩、腰一齐并甩，精、气，不论外远要附近周围的空气之精神一齐发出，说来还是应称之为华佗所创造的五禽戏中的入门动作、皮毛招式较为妥当。但你对应我这几下舒身宁神定气化精的粗疏动作以佛家之念力气功,已到了凡属有指,皆是虚妄。大象无形。大道至简。随意呼吸,皆成大法,已臻佛道两家要修精华,境地,不必意守丹田,不用修大小周天,这非人人均可修得,我这种意马心猿的人,更修不得,所以只有佩服二字说得。"

虽然守护皇帝的高手已退走,但仍有一人在听。

偷听的人绝对是高手。

他早已听得汗涔涔下。

冷汗。

——他竟连汗水也是黑色的。

他一流汗,谁都可以看得出他曾淌过汗来。

因为汗水必在他身上创出黑洞。

不止流汗,泪也一样。

——却不知道血又如何?难道他流的也是"黑血"么?

不过流汗总比流泪好,流泪也远比流血好。

可不是吗?

只听孙青霞傲然道:"我不是因为要你不杀我才说这种话。我绝少跟人说'佩服'两个字。——上一次,是跟八无先生说的。"

戚少商眼中已隐有笑意:"温八无?"

孙青霞说起听到这名字,眼里也升起了暖意:"不是他还有谁!"

戚少商倏然收了剑。

一收剑,剑已回到鞘中。

——不是像没出过剑,而是他收了剑之后,剑仿佛仍在月下、

檐上、孙青霞的眉心前，青澄澄、绿惨惨、亮莹莹地横在那儿，从不可一世一直到不可七世似的，要存在的，要亘古的。要不朽了的。

剑收了，剑意还在。

好一把剑。

——好一名剑手！

孙青霞笑了。

一笑，他就不傲了。

而且，也许在这样诡异的月色下和古老的高檐上之故，他跟戚少商相似之处，像是愈来愈多，也愈来愈像了。

尤其是当孙青霞冷酷的脸容开始有了些微笑意的时候。

同样，在戚少商寂寞的眼色里升起了一股小火般的暖意之际，这感觉就更强烈、浓郁了。

"你认识他？"

"八无先生？"戚少商眼里的暖意可更甚了，"我当然认得他，他是个好人。"

"他也是个妙人。"

孙青霞脸上的笑意也更盛了。

"他更是个奸的好人；"戚少商补充道，"一个在险恶江湖上厮混，要是只人好而不够奸，那是件坏事。"

"至少，对自己而言，不是件好事。"孙青霞也同意，"当不了一个奸的好人，最少也得做一个忠的坏人。"

"都一样，"戚少商说，"我觉得你就是一个忠的坏人。"

孙青霞道："而你就是一个奸的好人。"

戚少商道:"你要是不够忠,就不会因为我一只手拈着花便相信了那是一只真的手。"

孙青霞道:"你如果够奸,就不会收回你这一剑——你本就没意思要杀我吧?"

戚少商道:"我为什么要杀你?所有有关你奸杀女子的案件,我研究过,只怕不见得是你所为!但你所有刺杀贪官污吏、土豪劣绅的案子,他们的确都恶贯满盈。——我为什么要杀你?"

孙青霞啧啧地道:"那你还是太忠了,不够奸,难怪在你最孤绝的时候:就是要出剑杀人之际,也好像拈着花就要微笑的样子。"

戚少商高声笑道:"我拈花微笑?孙先生可是惹草也微笑哪——奸杀案等与阁下不一定有关,但阁下风流快活事倒也不少,当真是无论拈花惹草都微笑!以阁下武艺超群,傲骨英风,又何必与俗世纠纷厮混度日,消磨壮志?!"

孙青霞笑道:"好说好说。一我亦英雄。我可不想牺牲小我,我是大我,天大地大我最大:因为若是没有了我,什么天和地全都没了,所以有我无他,舍我其谁也!二我不想当英雄。当英雄太辛苦,我这人孤傲、好色、不容多友,更懒得成群结伙,又不得人缘,故不想也不能当英雄。三我不相信英雄。说英雄、谁是英雄?诸葛亮太文,张翼德太武,曹阿瞒太奸,楚霸王太莽,韩信太嚣,刘邦太流氓气,李世民求好心切,赵匡胤太好运气——我算个啥?谁都不是英雄,我也不是,况且,要出英雄的地方,就是乱世,我只要适世而独立,独好女色。趁自己精力过剩之际,跟世间美丽漂亮的女子玩玩多好,乐乐多有意思!既不伤人,又能娱己,何乐而不为之哉!"

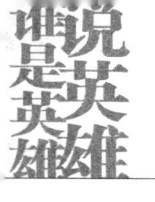

戚少商冷笑道："孙兄风流，早有闻名。所谓唯大英雄能本色，是真名士自风流也。只是风流归风流，孙兄大好身手，大好前程，大好抱负，就如此为沉迷世间女子而尽付流水，岂不憾哉！"

孙青霞嘻嘻笑道："你不杀我，大概是要劝我这些话吧？你的好意，我是心领了。我生平抱负，就是好好抱一抱我心爱的女子，多亲近亲近认为美丽的女人。吾愿足矣，你别笑我没志气，我跟你不一样。戚兄，坦白说，我认为你老是家事国事天下事，全背上肩；风声雨声读书声，全肩上身，那也只是苦了自己。人生在世，百年荏苒，弹指即过，瞬息便逝，又何必这般营营役役、凄凄惶惶？东风吹醒英雄梦，不是咸阳是洛阳，何必自苦若此！不如收拾心情，好享受人生，快活过一生，自在一辈子！"

戚少商笑道："你这是：成败起落不关心，悲欢离合好心情！我羡慕你。但我认为人出来走这一遭，总得有些责任要负，有些事要作出交代，有些贡献要留下来。我是敢为天下先，不怕排名后！"

孙青霞也笑了："好，你辛苦你的，我自在我的。我也佩服你。这是我今晚第二次说佩服的话儿。我的管叫作：随缘即兴。你呢？也望尊驾能量才适性得好！"

戚少商呵呵笑道："沧海横流，方显英雄本色。"

孙青霞也大笑道："剑试天下，何惧成败起伏！"

两人击掌而笑，笑声里，就像那笑意和眼色一样，同样透露着一个愈来愈明显、浓烈的讯息：

——那是什么？

第伍回 自求快活·不寻烦恼

权是虚，名是幻，我是实，跟放屁本就没两样！

两人相视而笑，戚少商忽把笑容一敛，庄重地道："我不杀你，是因为我觉得你今晚也无意要杀我。"

孙青霞道："若我不想杀你，又何必动用那么重的武器？"

戚少商道："我有一个看法，你若不便，可以不必回答。"

孙青霞只闲笑道："你说，我听。"

戚少商道："你给神枪会大口孙家逐出山东，甚至遭受追杀，便是因为你不肯跟孙家主流派系的人物利用秘密武器，搞独霸天下、统管武林的把式。然而，你原在'神枪会'里是极重要也相当杰出的人物，所以，你一定也掌握了相当重大的机密，他们才会派人追杀你于江湖，并且到处传达流言，毁坏你的名誉。"

孙青霞有点笑不出了。

戚少商道："以你为人，也不能出卖'神枪会'的任何机密，但又不忍见武林同道，在毫无防范之下给大口孙家的人打得抬不起头、回不了气、还不了手，所以，你今晚就利用我这一决战，趁此公布这种秘密武器，让我传出去，让世人知晓，以作防患。"

孙青霞简直笑不出了。

戚少商用手指了指在炸毁掉的半截衫袖近肩臂处，那是一道斜斜的剑口子，割开了布絮，道："你在动手第三招时，已用'飞纵剑气'悄悄割破了我的袖子，从你那儿，一定已发现我这手是假的，但你仍使出重武器作攻击，显然是故意的：明知伤不了我，还要发动，必有所图——所以，你今晚旨不在杀我，而是要我以金风细雨楼楼主之便，把这'神枪会'的机密迅速传达开去。"

孙青霞完全笑不出了。

戚少商道："不过，你也不可太忧虑。据我所知，'自在门'的诸葛先生已研创出一种兵器，尽管火力没那么猛烈，但施用则更快捷方便，一旦能够广为推动、妥为使用，说不定早已能克制住孙家这要命武器、杀伤力奇巨的绝活儿！"

孙青霞不笑了。

戚少商衷诚地道："无论如何，我都谢谢你告诉我这些，让我知道这事，并使我亲历了这武器的威力。你不是来杀我的，所以我才不会要你的命。"

孙青霞道："我现在也明白了。"

戚少商道："明白什么？"

孙青霞道："你也不是要来教训我和捉拿我的，你是来劝我莫要为女色误了一世。"

戚少商道："不过，现在我才较了解你：原来你并非像传说中那般好色，而是太重视儿女之情，精力又太充沛了，而自负又过高，所以才会受俗世群小围剿，成了自绝于江湖是非的奇侠。"

孙青霞倒是诧异："你怎会了解我这些？说到头来，我确好女色，我的确是个色魔！"

戚少商道："仅仅是好女色的人绝使不出如此出尘的剑法。"

孙青霞默然。

好半晌，他才说："我现在也渐渐明白你了。"

戚少商道："哦？"

孙青霞道："我初以为你好权重虚荣，现在才晓得，你只重名誉、有责任感，所以才会每自灰烬中重建华厦，在挫折中建立大信。"

戚少商笑道："你从何而知？我们交往何太浅也！"

孙青霞也以戚少商刚才的声调，道："因为重权欲的人绝对使不出如此孤高的剑法。"

戚少商也沉默了下来。

孙青霞眯着眼问:"你很有名,也是红人,明知很多人都关心你,为什么你不让人分享你的孤独和寂寞?"

戚少商慧黠地反问:"你呢?"

孙青霞豁然地笑了笑:"因为真正孤独和寂寞的人,怕给人当作一种热闹,热闹一番之后,又把他们给遗忘了。"

"对,"戚少商说,"到底,留下来的只是孤独和寂寞——而热闹过后的孤独与寂寞,更加寂寞孤独。"

孙青霞哈哈大笑:"所以我好色。人生玩玩儿就算了吧,一时快活便神仙。"

戚少商也呵呵笑道:"因此我重权。大权在握,大有可为,若无可为,要放便放又如何!"

孙青霞嘻嘻笑道:"要放便放?那岂不是跟放屁一样?"

戚少商道:"权是虚,名是幻,我是实,跟放屁本就没两样!"

孙青霞拊掌大笑:"只不过,就算是屁,说放就放,也不易办到!"

戚少商道:"自寻快活,不寻烦恼;好聚好散,自由自在。"

孙青霞呼应道:"知错能改,善莫大焉;知错不改,善就是恶!"

戚少商拊掌道:"宁作不通,勿作庸庸;宁可不屑,不作愚忠。"

这句话甚对孙青霞心脾,于是他也长吟道:

"宁试刀锋,不屑跟风;宁可装疯,不为不公。"

他们在明月下这样对答。

他们于飞檐上如此吟哦。

——还在剑影刀光、舍生忘死中决战。

而今？

平常是道，手挥目送；

平安是福，请放轻松。

可是，有一人来得绝不轻松。

但他还是上来！

走在古老的飞檐之上，他显得虔虔诚诚，也战战兢兢。

月亮当头照，却照不出他的影子。

——因为他比他的影子更黑。

仿佛，他就是一个"与影子搏斗"、"以夜色洗脸"的妖魅，而不是一个完整的人。

他一步一步地走上来，既不蹒跚，也不吃力，但也非健步如飞、身轻似燕。

他完全不施展轻功，但走在这古旧残破的瓦檐上，亦如履平地。

他走得步步为营。

他并不气势雄，也非一步一惊心，他是潜藏不露，不炫不敛。

他双手捧着一物：

暗青。

第陆回 路遥 幽梦难禁

　　我的道行达不到更高的境地,但我的道德却可以换取这些。醒握天下权,醉卧美人膝,谁不喜欢?

"我是上来还剑的。"

詹别野走到二人身前,看看戚少商(和他手上亮如雪玉的剑),然后向孙青霞奉上了他的剑。

剑一遇上了他的主人,好像给激发了灵力,发出了"挫挫"的微响,还微微嗡动着暗青的杀芒,又似一只活着的野兽什么的在他手里咻咻喘息。

"黑光上师,素仰大名。"戚少商抱拳笑道,"幸好你上来还这把剑,要不然,我这位朋友可要见怪了,我可赔不起他的剑。"

黑光上师道:"这话说谦了。你既把这一剑飞了给我,就一不怕我夺得了走,二不怕剑收不回来。"

孙青霞接过了剑,而且还爱惜地审视他的剑,眼里精芒大露。

那把剑也愈而青芒大显:仿佛它也是在看着它的主人——至少它知晓它的主人正在看着它,爱惜着它。

它和它的主人一样地骄傲。

一般地锋芒毕露。

锋,且锐。

黑光上师看着孙青霞手上的剑,他当然也看出来:这剑在他手上跟在孙青霞手里光芒大不一样。

所以他很有点羡慕地说:"这是把好剑。"

孙青霞冷峻地盯着他,道:"既是好剑,为何不索性要了它?"

黑光上师道:"就是因为是好剑,我才不配拥有它。"

孙青霞看着自己的剑,感喟地道:"这把剑,原名'错'……"

忽而,手腕一掣,精光一闪,剑尖已向着黑光上师咽喉不到一尺之遥,冷冷地道:"你不该再让我拿住这把剑……从我执此剑

的第一天起，我就准备错到底了。"

黑光上师居然不闪、不躲、不避，而且连眼也不眨，只看着敌手的剑尖、剑锋和剑，一字一句地道：

"你要杀我？"

他说话像是在叫，在吼，在咆哮——尽管在他的语调并无敌意，甚至十分礼貌的时候都依样地在嘶声呐喊似的。

孙青霞的眼神像一口冰锈的寒钉，要集中一道，随剑光钉入黑光上师的咽喉里一般：

"你说吧？我这把剑已错了很多次，我也做错过很多事——我不在乎再错一次。"

黑光上师苦笑道："也许，我把剑端上来是做错了，也走错在先了。"

孙青霞冷然道："你是蔡京一伙的人。"

黑光上师道："我不能不承认。"

孙青霞冷酷地道："我曾两次行刺过蔡京。"

黑光上师道："但你功败垂成。"

孙青霞道："其中一次，是因为你阻挠。"

黑光上师："我身在蔡府，食君之禄，不得不分君之忧。"

孙青霞："可是助纣为虐，比亲手害人更卑劣。"

黑光上师："我只是个道人，能做什么？难免身不由己。"

孙青霞："亏你还是个修道之士，不做半个神仙，不养性修心，却对世间诸般欲求，无一能舍——你这算什么道？！"

黑光上师："我的道就是享尽人间福。有钱有权有女人，这就是人间最好的享受，我的道行达不到更高的境地，但我的道德却可以换取这些。醒握天下权，醉卧美人膝，谁不喜欢？"

孙青霞："你回答得倒爽快。"

黑光："真人面前，不说诳语。"

青霞："你就不可少贪欲一些？让良心好过一些？"

黑光："我已尽量减少直接害人，要真的难免损人利己之时，我已尽可能少损一些人——偶然也会在明在暗地帮上一些人的忙。"

青霞："真的？"

戚少商道："他说的是真话——我打听过他的事：他跟蔡京、朱勔等人，确有虚与委蛇、灵活周旋处，不似林灵素、菩萨和尚、一恼上人、烦恼大师等嚣张放肆、了无忌惮！"

黑光："谢谢，我只是胆小，不是积德；我所作所为，已无德可积，死有余辜。"

青霞："所以你才敢送剑上来给我？"

黑光："剑本来就是你的。"

少商："你难道不知道：只要杀了你，我们就可以在今晚除去一名大敌么！"

黑光："我是来送剑的，不是来送死的——"

然后，他傲然道："何况，以一敌一，我还未必一定会输。"

少商："你岂知我们一定会以一敌一？"

黑光："你们是英雄——英雄不做卑鄙事。"

戚少商森然道："那你就错了。"

孙青霞冷笑道："他充其量是个枭雄，枭雄会不择手段，先把敌人打垮了再说。"

黑光上师长吸了一口气："那我倒看走眼了。"

孙青霞突然把剑一收。

"嗖"的一声，剑就不见了。

青光顿灭。

他将剑收回那"重武器"内。

——那"重武器"又迅速折合重整，还原成一口琴：

焦尾赤壳黛衣古琴。

他道："你没看走眼，我不会在今晚动手杀你的。"

戚少商也道："你也没走错了路，你既把剑送回来，他便不会用这把剑来杀你。"

黑光上师这才吁了一口气。

——孙青霞显然已收了剑，但他喉头仍有"长了青苔"的阴寒感觉。

然后，他道："我一来这儿，就有一种奇怪的感觉。"

戚少商问："什么感觉？"

黑光上师忽而吟道："醉里挑灯看剑，路遥幽梦难禁，世事一场大梦，人生几度秋凉。一下子，人往这儿一站，才说几句话，许是月亮特别亮，还是这儿特别高，或是这夜里有些什么蹊跷——我总觉深心里怦怦地跳，连心神都镇定不来，但什么感触都齐全了。"

孙青霞斜睨着他，"但你仍十分镇定。"

戚少商却道："说实在的，我也有跟上人相近的感觉。"

孙青霞忽道："是不是觉得怔忡不安？"

"是。"戚少商听孙青霞这一问，才知道他也感受到了，"同时也是一种危机迫近、某样可恨的事物正要裂土而出似的古怪感应……"

孙青霞沉重地道："我有。"

然后他问："有没有注意到屋下那挑粪夫？"

戚少商道:"他也是武林人物,以前曾在六分半堂里咤叱一时过,姓雷,原名念滚,成名后去掉'念'字,成了'雷滚'——他本来是个人物,但近日潦倒沮丧,说不定他日还会再起风云……"

他停了停,接道:"不过,现在已迫近眼前,仿佛把我们从现在一脚踢到过去,而又一掌打倒了未来的危机,绝对不可能是由他引发的,而是——"

他先望天。

望月。

然后低头。

看脚下屋瓦。

然后,脸色倏然煞青。

——不只是他变了脸色。

黑光上师随他看去,也脸色煞白;孙青霞一看,脸上也顿时失了血!

暗青是颜色,是在今晚已渐偏西的月华下所照出来的色泽,而不是"暗青子"。

——"暗青子"在武林中,却是"暗器"的意思。

他毕恭毕敬捧在双手小臂上的,当然不是"暗青子",而是一把暗青色的剑:

那是原来孙青霞的剑,因给戚少商一剑格飞,直钉入他眼前窗棂木条子里的那把青芒侵其眉睫、浸其心脉的剑!

——一把白道上斥之为"淫魔剑",黑道上谑之为"淫情剑",剑主号之为"朝天剑",然实则只有一字之名:"错"——这样的一把剑。

本来剑已脱手。

而今有人把它拾回,并且捧了上来。

捧剑上来的人,当然就是旁观这一战的黑光上师:

詹别野!

——他不是曾受这一剑之惊么!

他还上来这古飞檐上做什么?

　　稿于一九九五年四月廿八至卅日:正式入伙龙头小筑／奉请喃无大慈大悲观音菩萨,喃无红冠圣勉金刚上师莲生活佛卢胜彦师尊及各路神明、菩萨上檀城／喜获奇石水晶:1.虎眼蛇纹,2.急雨乱斜,3.见山是山,4.青天白云,5.开心小箭。

　　校于同年五月十六日至廿日:江上鸥"前缀"及胡正群"神州剑气升海上"有评介我作品及影响／陆丰县甲子镇郑少焕来信有心／天津市南开大学向左云来函可珍／上海外贸何远庆来札极有料有心／沈得胆痛,闻之心痛／收到新书"震关东"。

第拾章

天仇

- 一三四・第一回 人命由天不由人
- 一四五・第二回 我命由人不由我
- 一五一・第三回 我命由天不由我
- 一五九・第四回 人命由天不由我

第壹回 人命由天 不由人

——人生在世，其实又有几件事是由得着人、由得了人的？！既然如此，不如听凭天意，不必苦苦挣扎、奋斗，却说把握时机，尽情享受，有风驶尽性，富贵当享即须享，莫待贫时空追悔。

孙青霞是高手。

近年来，很少有剑手比他出手更狠的了；就算冷血剑法比他更有拼劲，但也不及他连剑法都洋溢着的孤傲之气来得更疯狂。

戚少商也是一流高手。

近日来，武林中已很少有他这样的群龙之首了；尽管王小石比他更有亲和力，但王小石的入世出世自由自在使他断不如戚少商的那种寂寞凛烈的英雄气。

黑光上师更是绝顶高手。

近来在宫廷内阿谀附和赵佶、蔡京、梁师成的道士神棍，多不胜数，但要论在武功上的实力，只怕没有几人能比得上詹别野。就连米苍穹这样的暗权在握、武功也练到炉火纯青的人物，对原修密宗、苦修佛法的言无密，却化身为道家仙班的詹别野，也明让三分，暗让五分，实让七分。

这三人毫无疑问都是顶尖高手。

今晚他们都会合在这月下檐上，其中戚少商还跟孙青霞作过一场舍死忘生之决战。

虽然谁也没死。

谁也没败。

——但这一场决战，已足以在武林青史上留名、流传：它炸掉了方今"金风细雨楼"楼主的一条胳臂（幸好是义肢），也迫使人称"艳剑淫魔"的孙青霞亮出了他一直深藏不露的绝密武器"腾腾腾"。

俟黑光上师步上飞檐，还回"错"剑时，孙青霞几乎挥剑"杀"了他。

在这之前，戚少商也借剑使力，飞剑威胁过黑光上师的性命。

两人都曾有过：杀死这个赵佶封赐的"国师"、蔡京手上以"黑"著称的红人之冲动。

但两人都忍住了。

没真的下手。

——万一真的下手，也不一定就能得手。

黑光上师绝对是个扎手人物。

——他很少与人动手，所以绝少人知道他出手如何，但跟他交过手的人几乎都没有机会向人透露他的武功如何：

因为都死了。

黑光上师詹别野的规矩是：不到万不得已，绝不动手，一旦动手，就一定不留活口。

——大家不扯破脸，就保留个交谊，他日好相见，难保不化敌为友；一旦已过死相搏，留他一条活命，他日始终是心中一根刺，随时会反扑报仇，不如杀了他，一干二净，一了百了！

所以他与人动手的时候不多，真正的仇人也不多，敌手更少。

——因为他的宿敌、仇人，全都死在他手里。

像他这样出手少却在武林中享有盛名、在武艺上人皆惮惧的人物，在京师武林中，也只有三数人近似：

诸葛先生是一位。

——到这个境地，诸葛小花已很少出手。

他甚至已不必出手，就可以把敌人解决。

有次蔡京就故意在文武大臣面前盛赞过他这点：

"先生杀人，不但兵不血刃，还不必亲自动手，只要点一点头，打个眼色，就自会有人为先生杀尽敌手。"

诸葛的回话却是："若论境界，我哪攀得上相爷？相爷杀人，甚至不必武功,一声令下,全天下的人都会为相爷效命,连皇上也会降旨传命,配合尊意。"

"——可不是吗?像我这类凡夫俗子,还摸不清相爷到底武功有多高?究竟有没有武功呢!"

两人相视,哈哈大笑。

另一个是米苍穹。

大家都知道他武功高绝,是世间唯识"朝天一棍"之绝世棍法的两大高手之一,但却是谁也难得目睹他的出手。

通常,他杀人也不需要动手,为他拼命的人,从皇宫到武林高手、禁军至江湖亡命之徒,都不胜枚举。

大家都摸不清楚米有桥这暗掌实权的太监头子武功有多高——直至在"菜市口"他终于动了手,格杀了"毒菩萨"温宝和"龙头"张三爸,大家才知道他着实武功高强,已达登峰造极之境地。

他这一出手,慑震群雄。

不过,风闻米有桥已曾出手以及详询过米苍穹出手的细节之后的诸葛先生,反而拊着袖子,十分释然。

无情曾问过他:"米公公曾一棍打杀张三爸,慑震群雄——世叔认为如何?"

诸葛先生说:"可怕,但不足畏。"

这就是诸葛对米公公那一记惊煞全场绝世棍法的评语。

还有一个人也有类似的看法。

"米苍穹那一棍,打杀了人,也打杀了自己的底儿来了。"

那是林灵素。

林灵素是赵佶最宠信的道士,专横跋扈,目中无人,自恃呼

风唤雨,故而恶尽天下,出入前呼后拥,甚至与诸王争道,宋徽宗甚宠此人,号之元妙先生、金门羽客、冲和殿侍宸,一时权势煊赫,京人都称之为"道家两府",与黑光上师并称一时,然而林灵素更盛,史载:"其徒灵衣玉食,凡二万人",可见一斑。

林灵素精修道法,又懂得使王雷神之术,他与人动手,不见其有所拳动,对手已然暴毙身殁。这种种"奇迹",使道君皇帝赵佶对林灵素更为深信不疑,奉之为仙。

林灵素极少与人动手,只跟人比斗法力——由于法术是仙人异士才有的道行,一般武林人物也不得其门而入,只叹莫测高深。

黑光上师跟林灵素都以道术讨好道君皇帝、蔡京、童贯这等天子权贵,两人都极少与人正式动武,两人有极为相似处,但也有极大的不合。

黑光上师詹别野在武功修为上,却是有真才实学的。

他在未进入佛门之前,已是武林高手,是"黑光门"詹家的好手,但在一次与"神枪会"孙家、"飞斧队"余家等七大门派精英的比斗中,他负责固守"子夜坡"的"金武汇",那七大门派的高手恰好就选上这一道防线狙袭,其时正是午夜,便遇上詹别野的天生禀赋,夜愈深,他的武功愈是高强。

这一战下来,他居然一气格杀了"神枪会"孙家、"四分半坛"男陈氏家族等的好手十余人,竟以一人之力,击退了这一次掩扑"黑光门"的敌人。

按照道理,这是大功一件,他挽救了他门派的一场浩劫。

可是结果适得其反。

当时,"黑光门"门主"大声太公"詹四施早已容不下詹别野,对他暗中嫉恨,而今见他以一人之力,勇退强敌,刚好"飞斧队"余家、"太平门"梁家、"天安派"女陈氏家族等,因在"子夜城"之役死了数名子弟,而向"黑光门"大兴问罪之师,找"老字号"温家、"金字招牌"方家、"南洋整蛊门"罗家、"感情用事帮"白家的高手来为他们评评理,詹四施就借这口实,指斥詹别野妄自大动杀机、有伤江湖同道和气,以致天下各门各派联手抵制"黑光门",故而是詹家的"大罪人",要将之处置严办。

詹别野一怒之下,便和他的支持者:"朝天四脚"詹通通等人,脱离"黑光门"。

——脱离之后,成了惊弓之鸟,一时,天下之大,却难有容身之地。以前结下的梁子,"神枪会"孙家、"下三滥"何家、"四分半坛"男陈氏家族及"天安派"女陈氏家族,全来找他麻烦,以致詹别野有一段时候,惶惶然若丧家之犬,颇不得志。就连当时最支持他的"朝天四脚"詹通通,也转投"叫天王"查叫天麾下去了。

詹别野孤军作战,四面楚歌,他倒在此时,痛下决心,遁入佛门,居然潜心苦修,修出了一番作为来。

可惜其时道君皇帝左右上下,都崇道抑佛,詹别野佛法愈高,欲望却不因而减少,他想恢复名誉、攫取地位,以一人之力,只怕武功再高,也得不到众人认可,加上他仇人多,嫉恨他的人更多,虽明知他修为高,但谁愿意为他同时得罪"山东神枪会""黑光门""太平门""飞斧队"等众多门派呢?江湖义气,唯权是倚;武林斗争,唯势是识。

詹别野见此大趋势不可挽回,便不再在佛门挂单,云游四海,一面潜修密宗,一度易名为言无密,彻底脱离詹家,但到头来仍耐不住寂寞,憋不住大好身手无人闻问,重返中土,摇身一

变，成了道家宗师，说"元为"，要"清净"，讲"自然"，性命双修，故为弄神通，要出世时便推崇老子、庄子；人世治天下，便是张良、伊尹；要变法治世时，就抬出商鞅、韩非；时变为纵横家，成黄石公、鬼谷子；有时兼懂医道，即华佗、扁鹊；转演为兵家，就成了孙膑、孔明；变为宗教，则崇张天师；变作阴阳术，则从天文、律历、地理、风水、术数、卜算、形法、灵通、幻术，无所不精，无一不通，无所不懂，无可不可，上下纵横。陈希夷、邵康节，在朝莫不成其为表表者，至于在文学上，也有竹林七贤和诗仙李白这干人物作依附仗恃，是以詹别野更大胆放心，以一身武术绝学附以道术异能，权及于蔡京。得宠于赵佶，扶摇直上，成了一国之师，恢复了他的本姓，同时也恢复了他的本性。

除了以道术混世取宠之外，詹别野立下了四项做人处世对敌进退的原则。

一、不必要，就不树敌，一旦结仇，就杀敌。杀敌，便不留活口。留下活口，一是报仇，二是让人通晓自己武功底蕴，都不是好事。像在"金武汇"那一役中，他没杀尽七大门派中来犯的敌人，就是犯上了日后结怨的祸根。所以，他除非不动手，一动手，必杀敌。

故而，看过他出手的人，甚少。像那一次在"别野别墅"他本要动手格杀王小石，终于还是未尽全力。

——完全不动手，那是不行的，蔡京一定会见责。

——如果全力动手，则结仇于王小石，万一收拾不了他，那日后定成心腹之患；王小石的人缘极佳，他不想结这梁子。

是以他只"假意出手"，既是"假意"，就不能算是"真的动手"了，就算别人不知，王小石也一定能感受得到——他就是要王小石欠他一个情。

这就够了。

在江湖上，钱债可欠，情债欠不得，义债更难填。

二、不论他入道、成佛还是问政、修密，他都紧紧抓住一个重点、把持一项要点，那就是：要把武功练好。因为什么都是假的，只要他把武功修好，他就可以把武功的实力展示为佛法，转化为道术，变化为密功，易变为神力……只要他说是什么，便是什么。

唯力是视。宫廷所争和武林械斗都是一样的货色。

只要武艺高强武功好，便不怕，至少也可以自保。所以，修什么法、炼什么道、念什么佛都是假，只武功不能一日不练、一日不修、一日不习。

是以，他勤习武，分别以道佛密三家取其精要，融为武功，使他功力大增，日益精进。

三、他还特别苦习一种他自己所体悟得来的武功秘技："黑光大法"。

这原本是"黑光门"詹家的入门心法，詹家高手都练过，然后再进而修习别种高深武功。

独詹别野不然。

他一直修习这种武功不辍，而且，从中悟出了许多武术上的精要，发现这门基本武功其实本就是武学的上乘，只不过一直没有人肯对它下功夫好好修炼而已。

詹别野痛下苦功，好好钻研"黑光大法"。最后，他请托蔡京说项，"奉旨"铲平了"黑光门"的内乱，驱逐并下令格杀詹四施，自己当上了"黑光门"的门主，光大门楣，重振声威，发扬

"黑光大法"。

"黑光大法"就是把"黑"的力量无限制无限量无限地发挥。

——只黑能对抗白。

——只黑夜能权代白天。

——只黑暗的力量能与白昼的力量相抵。

既是独门心法,当然"当方独味",别家所无,别人也模仿不来。

是以詹别野更是唯我独尊。

别人练的是正道,他打的也是正道,但修的却是邪道。

别人要走的是白道,他修的也是道,但是却是黑道。

人白我黑。

人弃我取。

他就独树一帜,大道如天,各行一边,他就在阴晴圆缺、青红皂白之中独选了黑。

四、他认定了一个不变的法理:

人命由天不由人。

——人生在世,其实又有几件事是由得着人、由得了人的?!

既然如此,不如听凭天意,不必苦苦挣扎、奋斗,却说把握时机,尽情享受,有风驶尽性,富贵当享即须享,莫待贫时空追悔。

故此,除了他坚志不移贯彻始终修习"黑光大法"之外,他一切都放尽、去尽,甚至如有必要,也享尽福荫,杀尽政敌。

除非他尚无把握,力有未逮,那又另作别论。

真正的权术高手,是懂得何时进,何时退。

进时精进,退时勇退,无惧逆势,不怕急流。

像他这样一名一流高手，不但要知道何时该杀，还深谙不杀之道。

——像对王小石，他就没有出尽全力。

——似而今他拔剑还敌，就是要化敌为友。

就算不能复做朋友，至少也免结深仇。

——不战而胜，才是大胜。

——战了才胜，已是惨胜：因为没有任何重大的胜利是不需要付出惨重的代价的。

像今夜这一役，他就不拟接战：他知道只要他不逃、不避、不先动手、主动面对，戚少商和孙青霞如此一个极具英雄感、一个自命侠义的人，就一定不会联手对他发动攻袭。

他自度必能免役。

他今晚本无决战之意：要"决斗"，他宁选在床上与妇人之"肉搏战"，欲床双修，欲死欲仙，逢床作戏，岂不更自寻快活。何必打生打死，要人要命！

他早有准备：皇上心血来潮，忽要驾幸杏花楼，之后，他留意到一爷行动闪缩，与舒无戏密议多时，心中暗下提防，而今皇帝那儿似无大碍，只在这古屋大宅的飞檐上有这样一场精彩绝伦的决斗，启发了自己，惊动了心，也是意外之得。

他索性面对这二大高手，走上飞檐来，却蓦然发现自己竟已暗升起一股极为奇性的杀心杀性，但他仍能强自抑制，从容进退，果然二人均无杀己之心，正得意间，却突然发觉了一件事。

不只是他。

而是三人。

三人同时发现了一件事：

杀机大盛。

杀意大露。

杀气大炽。

杀伐大作。

杀气已腾。

——甚至比刚才那一战,孙青霞以独门兵器"腾腾腾"狙击戚少商那一种"背叛命运的剑法"来得更杀性大现。

这是怎么回事?

杀气来自足下。

第贰回 我命由人 不由我

——难道这样一个使这三大高手只看了一眼也觉惊人震怖莫已的人,竟不止是情非得已,还身不由己,更连命都由不了他自己?!

不但是黑光上师发现了，戚少商和孙青霞自然也发现了：

月白渐变青。

乌云翻涌。

鸟疾掠。

风急。

惊。

险。

行雷。

电飞前。

屋宇将倾。

高檐摇欲坠。

他们在这霎间的电闪里，竟瞥见对方竟都变成了一副白骨：

骨骼。

——在亘古月色下古老京城里古旧屋瓦上的三具白骨！

他们都大吃一惊。

——这一惊都真是吃入心肝脾胃肺里去。

然后，他们正式感觉到：

地动。

天摇。

屋瓦将裂。

墙欲塌垣欲坍。

脚下屋内，有人兀地发出了喑哑得惊天动地的嘶吼：

"我——命——由——人——"

"轰"的一声,他们所立之处,真的裂了一个大洞。

一时间,三人都立足不住,往下急坠,连同瓦砾、碎石、木屑一齐往下落去。

三人都分别以"沉金坠玉""落地分金""千钧坠万斤闸"向下沉落,一面下坠一面沉气凝神、屏息聚精、运力蓄锐,应敌顾指间。

月华冷冽。

沙尘滚滚。

这已不知建立了多少年的古飞檐,整块地塌了下来,连同屋瓦上三个失足但不失重心的高手:

一个京师武林的枭雄。

一个傲视群雄的淫魔。

还有一个是手黑心黑着色黑衣着黑连功夫也黑的一国之师!

坠下的是三大绝顶高手,但在飞瓦碎土里,飞升的也有三人。

当先一人,双踝之间还扣着钢箍,扯着条斑褐色的锁链,披头散发,谁也看不清楚他的脸颜。

但就在这人急腾之际,身子与黑光上师、戚少商、孙青霞平行并齐(尽管仍相隔甚远)的那一瞬间,这三大高手,都各自生起了一种奇特、奇诡、奇异的感觉:

——黑!

——这才是真的黑,真的暗!

——可是这才是一条大道,像苍穹一般辽阔无垠的黑色大道,无边无际。

——而且无对无敌!

——这人一上来，就遮去了整个月色，他才是真正的黑夜，真正的黑，无尽无源的黑！

（这是黑光上师在身形下沉险遇正急升中那披发独臂人的感受。）

——傲！

——那才是真的傲，真的狂！

——那不只是我行我素、我慢我高，而是目中无人、独步天下、天下苍生万物都不放在眼里的一种傲慢！

——他已是神驰！

——而他是人。

——这狂徒一升起来，就激发了他心中所有的斗志与狂态，仿佛除此无他、除死无他！

（那是孙青霞在坠落屋内时乍遇那散发狂徒的一霎间发生的感应。）

——敌！

——这才是真正的敌人，真正的敌手！

——这绝不是一个普通的敌人，而是一个战将，一个狂士，一个狂魔，一个舍我其谁、天下无敌的天敌！

——他以天为敌。

——他无人可敌。

——这战神一腾身起来，仿佛天地为之色变，昼夜为之颠倒，惊天动地泣鬼神，生平一切大小阵仗，都变得不尽不实、梦幻空花、轻若无物、微不足道。一个真正的高手，得要与这种绝顶人物交手，才算不负雄心、无枉此生。

（这便是戚少商在跌落时骤遇飞身盘旋而起的奇人狂士而遽生

的感觉。）

他们这三人在这霎间还有一个共同的想法：

——这人，不但是没有脸貌的，仿佛连面目都没有了。

——但这人却令他们异常熟悉。

仿佛，在七世三生里，早已对上了、见过了、狭路相逢了，虽然生死攸关，血肉相连，但却仍一时指认不出他的名讳来。

——他是谁呢？

他是谁呢？

只听他盘膝而坐但仍急腾飞升的身子，仍迸出了一声狂喊嘶吼：

"——不——由——我——"

三人心头均是一震：

那七个字若完整地接驳下来，应说便是："我命由人不由我。"

——难道这样一个使这三大高手只看了一眼也觉惊人震怖莫已的人，竟不只是情非得已，还身不由己，更连命都由不了他自己？！

——如果连命都控不在自己，却是落在谁人手上？

就在这时，他们又瞥见了两个人：

一个修长个子，一个短小精悍。

都蒙面。

都向上急升。

一左一右，就在那散发狂人一前一后，急腾而上，像是在保护他，又像在纵容他，都在指手画脚，口里发出奇啸异响。

一人手指修长如狒狒之掌。

一人手掌平滑如镜，几乎不见了指节。

都看不见脸容，只知他们所流露出来的眼神都急。

都惶恐。

都有极大的杀意。

死志。

第叁回 我命由天不由我

那披发狂人以几声凄怆的惨叫追问，却已引起在场中月下三大高手迥然不同的速思：心悚、心躁与心酸，岂不是也是以声破相、声在意失的武学至高境界？

乍见那独臂披发狂人在坍檐塌瓦中飞升，然后又发现这两名张牙舞爪（一个手指比两张手掌还长，一个则连手指都不见了，只剩下了张无指掌）的蒙面汉，黑光上师、戚少商、孙青霞，都同时想起：

——一个人。

——一件事。

——一宗武林中的大悬案。

（莫非……他就是——？！）

猛想起这个人，他们三人都不由自主地，也情不自禁地，作出同一种反应，但方法却不一样：

黑光上师破锣似的叱喊了一声，突然，只见他在半空一个筋斗倒栽葱，本来头上脚下跌落下来，现邈尔变成头下脚上，"呼嗖"一声，化作一线黑烟，比飞蝠还快，咕溜一下就"嗖"地倒冲上屋顶那个大破洞口外去！

开始时像在脚下喷出一股黑烟，一旦发动之后，则似一道黑光。

快如闪电。

黑电。

他快，戚少商也快。

快的还有孙青霞。

戚少商忽然一掌拍向孙青霞。

遥击！

——莫非在这紧急关头，他却趁人之危，暗狙孙青霞？！

但孙青霞仿似早有防备。

他也同时一掌遥拍戚少商！

——难道到这危紧关头,他们还杀性不改,非要斗个两败俱伤不可?!

　　"啵"的一声,两人掌力,在空中交接一起,交互反挫,激成逆流,戚少商、孙青霞借此掌功反激之大力,将下沉之势陡然逆转,变得同时倒向上冲去!

　　冲向屋顶!

　　冲向屋顶上的大窟窿。

　　冲向月色!

　　冲向被七情月色溢满的天心!

　　他们三人,几乎是同时把下坠之势扭转,逆向上冲,电光石火间,兔起鹘落,三个自瓦砾中下沉的身形,已各化一道黑、白、青光,直冲上天!

　　但不止三道。

　　还有一道:

　　光芒。

　　——这人浑身散发着五色斑斓的颜色,而且隐带着好听的音乐和极好闻的香气。

　　这人原就在屋里,但显然并不是与那两个蒙面人一道的。

　　因为他直探上来,一面还要应付那两个蒙面人隔空的攻势。

　　那两个蒙面人一面飞跃、一面手舞足蹈的,其实就是对这人发动攻势。

　　两个人,却是三种攻势。

　　——两种是掌力,一种是爪法。

　　两种掌法和一种爪法都有着同一种特色:

阴!

——阴柔、阴险、阴毒!

可是那个紧接着冲上来的不怕。

他用一只右手应付。

他的左手却是空着的。

但空着的手并不闲着。

他在抹汗。

——他是用一条洁白的毛巾揩汗。

——仿佛,天气实在是太热太热了,他只要一阵子不抹汗,浑身就会给汗水浸透了、淹没了似的。

他仿佛只用两成的力量来应付那两个居高临下的蒙面高手的压击。

他另外用两成的力量来揩汗。

还有剩下的六成力量,他都只在留意:

留神看那独臂披发狂人——尽管那狂人好像根本不知道有他的存在,但他还是小心翼翼、步步为营,简直如履薄冰、如避火雷。

他那些香气、乐声和光彩,就是他和那两名蒙面人施发的二种阴险的掌力和一种阴狠的爪法对抗交手时,所绽放、流露出来的。

他一面接招、一面揩汗,已飞身落到屋顶上。

尽管屋顶破了一个房间般大的四方窟窿,但未坍倒的地方还多着,是以,那狂人一飞身上去,就盘占了屋顶上最高点的檐瓦上,桀桀地笑。

另两名蒙面人,一左一右落在这独臂狂人身边。

他却落在窟窿的东面，正好和急速倒蹿上来的戚少商（占了西面）、黑光上师（占了北面）和孙青霞（占了南面）成一四方形。

四人互相打量。

趁月色，他们埋下了干戈杀气，自眼神。

戚少商、孙青霞、黑光上师这时才发现：这揩汗的人，十分年轻，书生打扮，是一名大眼睛的小胖子。

但在京师武林里，谁都不敢瞧不起这个胖子书生：

他们都听说过"惊涛书生"吴其荣在"回春堂"那一战，不但以一敌五，轻易挫败冯不八、陈不丁、花枯发、温梦成还有温柔，更曾一掌击杀了"落花舞影"朱小腰。

那一役使本来就名噪一时的他，更加名动天下。

但也使他得罪了所有白道武林的群豪。

他们都恨他。

大家都矢志除之而后快。

由此之故，他也在京师武林销声匿迹了一段时候，也不知道他还在不在京里。

没想到，他居然就在这古屋里，更没意料到的是，他们会在此时此境遇上他！

——惊涛书生。

吴其荣。

四人各占一方，互相对峙。

却见月色更加古怪，似是愈渐膨胀，愈见发青。

只闻那盘坐在高檐顶上的狂人仍披发喃喃自语：

"我……命……由……天……不……由……我……不由我啊不由我！"

语音怆然喑哑，闻者亦为之凄然心酸。

心酸的是戚少商，因为这等寂天寞地的悲嘶，令他猛忆起自己过去的种种不平与寂寞，多压抑与不得志。

孙青霞不心酸，只一阵心浮气躁。他我行我素、独行独断过了半辈子，乍听有人的语调比他还冷还傲，更僻更孤更苍凉，不觉心躁陡起。

黑光上师既不心酸，也不气躁。

他只是心悚。

不知怎的，与那披发独臂人在一起，他忽地想起过去的所作所为，有意无意间所造的种种孽。

这些事，那些事，都让他惊惧，使他心寒。

也令他不寒而栗。

他现在就是心悚。

他怕。

所以他第一个率先喊话："阁下是谁？！"

他第一个问题之后，又紧接着第二个问题："你到底是不是他？！"

——"他"是谁呢？

看来，黑光上师怕的正是"他"就是"他"。

——"他"能令黑光国师也如惊弓之鸟，到底是谁人？！

果然，詹别野又喊出了他的第三声大吼："你是不是七爷？！"

——"七爷"？！

——七爷、八爷、乃至大爷、二爷，在京城里至少有九万七千七百零一个那么多！

——到底是哪一号子的"七爷"？！

黑光上师大大声地喊出了他心中的疑惑、他脑里的疑问。

他的叱呼来自他的疑惧。

他担心现在出现在他眼前的正是他最忌讳的人。

他心头一怕，反而大声喝问。

——这样一喝，好像自己正是站在亮处，而对方才是正处于惊恐惶悚里。

他说话一向甚为大声响亮，且还带着嘶哑。

他一向以先声夺人。

他越怕，就叱喝得越震天样响。

如果以相学论，"声相"是相学中最高深及难以掌握的一种学问，闻声而知相，甚至连相也不必看，其修为之不易，可想而知。詹别野大声喝破心中的畏惧，可是以声势迫人的一种进攻。

他已攻了一招。

不过，同样的，那披发狂人以几声凄怆的惨叫追问，却已引起在场中月下三大高手迅然不同的速思：心悚、心躁与心酸，岂不是也是以声破相、声在意失的武学至高境界？

黑光国师如此朝天喝问，大家都陡然地静了下来，如同着了魔咒；本来那书生和那两名蒙面人都正在月下比手画脚，口里念念有词，如着病魔，而今却一时为之凝立不动、僵峙无语。

詹别野索性豁出去了再进出一句：

"你到底是不是关七？！"

——关七？！

"迷天盟"盟主关木旦,"天敌"关七？！

他已疯癫负创,失踪多时,而今竟又重现江湖？！

第肆回 人命由天 不由我

是人就得死,就会老。他除了怕死,还怕老。他到头来发现最能保住不死的,便是武功。

只见那在高檐上披发张狂的独臂人，竟呆呆地仰望了好一会儿的月，然后才俯视诸人，咧嘴一笑。

映着月色一照，原来这人的样子，虽然波桀矍铄，狂态毕露，不过一旦静止沉思时，五官长得十分英俊，且见月色中蕴有极大的迷惑和极为丰富的情感，看了会令人同时产生顾盼自雄和严重自形愧陋的感觉，且使人忍不住地跟他决一死战又不忍伤他害他的复杂感情。

然而这个人却无所谓。

他狂妄地一笑。

——也不知在笑人，还是笑物？

——抑或在笑天，笑月？

然后他忽然长叹：

"人命——由天——不由我——"

这似是一声喟息，一句感叹。

又似是一句悲悯，一声自怜。

他的语音似在大慈大悲，但神志又绝对杀气凌厉，大不慈悲。

然后他又笑了一笑，用手从吴其荣、蒙面人、戚少商、詹别野、孙青霞等一个一个遥指了过去，淡淡且一字一顿地道：

"人，命，由，天，不，由，我。"

大家都知道他武功盖世，所以但凡让他给指着的，莫不缩了一缩，或作招架，或图闪躲；不然也得在心头警惕了一下。

只听他又咧开大嘴，笑咔咔地说："可不是吗？人生在世，又有几件事是由得人的？"

他的脸色很苍白。

眼神很痴。

也很狂。

——像心里头有着一团又一团乱烧的火。

但他的唇舌都很红，很艳，像刚吐过了一口血，又咽下了一口的血。

——这个人，难道真的是关七？

—— 一个名动天下，名震江湖，当年若不是他疯，在京里武林已无人能敌的关七？！

——他上一次乍现江湖的时候，已疯了一半，癫了八成，可是，竟在"六分半堂""金风细雨楼"五大高手：苏梦枕、白愁飞、王小石、雷损、狄飞惊合战围攻之下，最后因遭雷殛负创才消失不见；这一次再现，京里武林势力已有了极大地整合：雷损殒，苏梦枕亡，白愁飞也死了，王小石已远离京师，狄飞惊更深居简出，而今，正处于塌宇残檐上的"九现神龙"戚少商、"纵剑淫魔"孙青霞、"黑光上师"詹别野，凭他们三人之力，能对付得了关七、收拾得了这横跨黑白二道的不世武魔、一代狂人么？！

关七说完这番话后、大家都静了一静——也不过是才静了一静、顿了一顿，那两名蒙面人，又手颤足抖地舞动着，且在喉头发出一种顿似鸡啼、鸭喋的古怪声调来，同一时间，那儒士打扮的惊涛书生，也双手飞快做手印，嘴里念念有词：

"呛。波如兰者利。"

那独臂人突然全身一震，然后好像得了老年病疾的病人一般，簌簌地抖哆了起来；一时又似寒风刮树，叶落将尽。

这时看去，他更像一个无依的病人，不但很冷，而且很无依。

甚至很空洞。

——一个很空洞的可怜人。

惊涛书生一面急念念，一面已自襟内取出一管箫来。

这是一支古箫，原属龙八之物。

当日在回春堂吴惊涛挫敌有功，龙八为了收买人心，便把这管箫相赠予惊涛书生。

吴惊涛别无所好，就好歌舞古乐，喜欢看美女和美丽的事物，龙八送他古箫，正是投其所好。

而今，他的箫一掏出来，放在唇边，嘬吹了一二声，那披发独臂人便又恢复了镇定，口里仍喃喃自语，一面向他行去：

"人……命……天……定……"

箫声一起，那两名蒙面人眼里一露惶色，另一则凶光大现。

两个人都忽然同时变了声。

修长个子忽而发出尖啸，锐声割耳。

精悍个子则发出低沉的怒吼，如同兽王咆哮。

一啸一吼，古箫之音便眼看要给夺下去了，而那披发狂人，又双目发出惨绿色的厉芒，陡然止步单手指天，大呼：

"不由我——啊——不由我——不由己啊不由己……！"

惊涛书生吴其荣脸色一变，箫声突变，又尖又锐，又急又阴，夹杂在啸声怒吼中，依然跌宕有致、清晰刺耳。

他不但吹箫，而且还在月下舞蹈了起来，他的人虽然体胖，但姿态仍是曼妙好看，如痴如醉。

如痴如醉的不只是舞蹈者自己，还有那披发狂人。

那披发狂人口里胡胡作声，但在月色里看去，原来他容貌予人一种清而且俊、沧桑里自有神采的味道，由于他披发断臂，于思满脸，加上眼神显突，如像失去了太多的感情，连他的生命也给抽空了，他的身躯也只是残烬废躯，所以一般人根本死不敢看他，更妄论与之对视了。

只是，当惊涛书生载歌载舞于檐上，箫声与啸吼相争，那散发人仿佛听（看）得如醉如痴，才使得戚少商、孙青霞、詹别野三人都看清了他：

好一副令人震撼的脸容。

那不只是沧桑，而是看透了世情而仍不放弃。

那不只是凶悍，而是一种大无畏生死无惧的勇色。

那不只是悲哀，而是一切都得到过又全失去了的无奈和慈悲。

那也不只是愤怒，而是一种像两头都点燃的蜡烛一般的自焚。

那亦不只是萧条，而是一种跟天有不世深仇的狷狂和跋扈。

那更不只是白痴，而是一种不要世间相怜与同情的我行我素、舍我忘我。

在清貌俊容的戚少商看去：只觉得是好一副令人醉心的面孔。

在颀长潇洒的孙青霞眼里：这披发狂人身形虽然甚实并不高大，但看去却令人有一种高山仰止，无论谁也得仰其鼻息的感觉。

在沉着森冷的詹别野心里，却在盘算着：

——按照道理，传说中那个狂魔，绝不是这个年纪，到底是他，还是不是他？是那狂魔本来就没那么老？还是这战神本来就长得这么年轻？

——怎么这狂人不老？！

——用什么方法才可以不老？！

——要是能够不老，是不是就可以不死？！

黑光上师最怕的就是死。

他修佛，是希望能成佛，成了佛就可以肉身不死。可是他到

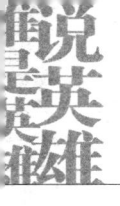

最后发现佛陀到头来总是要死的，免不了要升天的，他就马上弃了佛，改而修道。

他修道，也是为了长生不老，道教有很多养生、导引之术，能延年益寿、保命全精。

可惜到后来他也发现：修道到了家，还是得要升天的。就算修密宗成了金刚上师，还是得轮回转世，谁也不能永生。

是人就得死，就会老。

他除了怕死，还怕老。

他到头来发现最能保住不死的，便是武功。

练好武功，甚至能使自己不致那么快老化、老去。为了阻止自己迅速老去，他每天还花了不少时间来为自己美容，用各种香贵药草来为自己养颜葆青春。

是以，他乍见这独臂狂人的神容，心里就不禁激动：

——他练的是什么功，怎么越来越年轻，越来越好看！

所以，对黑光上师而言，乍见这狂魔战神，不但有武艺修为上的震栗，更加发生了美颜养生领域里的震撼。

然而，在箫声、吼声和呼声里的独臂人，却从全然的迷茫中，慢慢全身抽搐了起来，震颤得像是触了电，遭了雷殛，仿佛全身给那三种激裂的锐响，像刀片一般地割裂成碎块，到最后，他仍一手朝天，嘶声狂吼：

"听天——由命——"

只是他已摇摇欲坠，就要完全崩溃了、彻底地毁了。

戚少商、孙青霞、詹黑光三人不禁更为大感不解：

——要是这战神便是武林中传说的那独战天下的顶尖高手，他怎会窝在这儿？他怎会变成这模样？他怎么整个人就像给人操纵了似的,完全失去了神志,连几声长啸、狂吼和古远古怪的箫声都足以将之击倒?!

就在这时,却发生了一件事。

一种声响。

"卜卜——将将——卜卜——将——"

那是梆声。

还有锣声。

——这声响毫不特别,只是更夫在下面的民街打响了更:

其时正好是二更三点。

> 稿于一九九五年五月廿一至廿七日,与姊姊及素馨会于深圳/梁大口耙顺利在港接得秀芳机/姊首至龙头小筑/孙念威至圳会合接待姐/温芳何素梁孙念威上七楼大献唱/出版"追杀""亡命"/赖允来款/花城印制有我相片于书之海报/谢晟来函赠书告悉假书盗版事,感激。
>
> 校于一九九五年五月廿八至卅一日,平生首赴沪/与姊何梁馨赴上海行/圳海关知我友善/一出机场,即见我书多种/入住虹桥迎宾馆,远而僻/游上海滩、拜玉佛寺/哮发于迎宾馆,见不妙,夹硬迁出,入住国际饭店/喘平甚速,喜出望外/对沪印象急速转好/首在虹桥饭店遇多位读友/畅游浦江/游龙华古刹/首次感受到华中地区读友之热烈拥护爱护/自国际迁入虹桥/大堂读友多/购得漂亮水晶,惜何梁碎其一/识沈丽芹等/吉顺芳送来花篮/气管不适已全好/对上海印象好/发现吉林时代文艺盗版《神州奇侠》/贵都遇女读者李燕、王琳。

【第十三章】

公 敌

一六八・第一回 我命由天不由人
一七五・第二回 我命由我不由人
一八二・第三回 我命由我不由天
一九一・第四回 人命由我不由天
一九八・第五回 天命由我不由天
二〇七・第六回 我命由我不由我?!
二一五・第七回 人命由人不由人？
二二二・第八回 天命由天不由天！

第壹回 我命由天 不由人

"我——命——由——天,但还是不由人——也绝由不得你们!"

二更三点。

长街深巷的梆声传来，令人感觉到一种天下太平、万民同梦的安定。

然而天下并不太平。

至少今夜皇城绝不能算是安定。

那古旧的大宅屋顶一塌，轰然一响，已把许多熟睡酣眠中的人们吵醒。

他们正惺忪着眼，家里的男人，正披衣出来看个究竟——就算自身不愿出来"涉险"的，也着家丁仆人看看发生了什么事？到底是哪一家出了事？

这时，惊动的人还不算多。

受到惊吓的人多还是一些反应较快的人，或是住在这儿附近一带的人家，当然，其中还包括了一些戍守王城保卫京师的禁军高手、大内好手。

对这种异动，他们自是比谁的反应都快都急都着紧。

——盖因此际天下民心早已浮躁不安，群情易愤，一旦有什么风吹草动，人群一旦汇聚，很容易就会发生事情，甚至聚合为反抗和造反的力量。

作为禁军、公差，当然要保护皇城安定繁荣，是为他们的天职：

他们是要安定。

不要乱。

——可是天下为何要乱？民心为何会不安定？

这些，他们可管不到了，也管不了了。

他们只能执行上面的指令，只求保住此际的安稳。

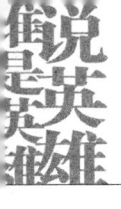

可是如果上面贪污腐败、官吏枉法搜刮、鱼肉万民，百姓又如何不思变革，人心又怎么不思乱？

——要变才有乱。

——乱而后变。

这是自古皆然的定律。

这时候，人心是浮躁的。

安稳的倒是那夜深人静长街里的梆声：

二长三短：

——二更三点。

每天晚上，都有二更三点，正如每天都有子时午时一样。

每天晚上都有这时候，就争于你有没有觉察到有这样的时刻，每天都会有这样的时际，只盖你有没有听到梆响更声，只看你有没有把更声梆响听进耳里去，心里去。

每一个晚上，都有二更三点，只不知你那时已睡了没有？在想些什么？

——已经有家了吗？

——家还温馨吗？

——夫人美吗？温柔吗？儿子都乖吗？

——还是你仍独眠，正怀念远方的她或他？

二更三点。

梆声自深巷里传来。

打更的人仍在长街那楼头，亮着一盏半明半灭的灯笼，接踵而来。

世道安稳，和乐升平，才会有更夫、清道夫、乃至倒夜香的人，众人皆睡他独醒为这静息了的大都会抹去一分沉溺、尽一分微力。

梆声寻常,自寻常百姓家的院落里响起。

然而这更响却不寻常。

——不但不寻常,而且还十分地不寻常。

因为更声一响,屋顶上的局面忽然大变:

原先,那胖书生手舞足蹈,口里念咒,但已是可轻易敌住那一修长一精悍俩蒙面人指手画脚地狂啸与低吼。

不但能敌,还绰绰有余,甚至通体还放着异彩、妙乐以及香风。

可是,一俟那披发狂人当月盘坐,月光当头照,便又明显地疯狂了起来,之后,那惊涛书生念咒已显然制不住这狂人,于是便掏出那管箫来。

箫声一起,局势才算勉强稳住了。

那披发狂人一度指天大呼之后,才算稍为安静了下来。

但而今梆声一响,披发人全身又是一震,突然目光遽变为深寒色的惨绿,又突然而立,居然咧嘴桀桀笑说了一句断了又续的话:

"我——命——由——天,但还是不由人——也绝由不得你们!"

惊涛书生脸上的汗涔涔而下。

两名蒙面人眼露惊惶、畏怖之色。

——仿佛他们都知道:只要这狂人一旦恢复了说话,恢复了神志,他们就断断制之不住,身陷险境似的。

于是吴惊涛急吹响了箫声。

箫声大急。

急若星火,且充溢着杀气。

两名蒙面人也立即发出更怪异、奇特的吼声与啸声,在这一刻里,仿佛这两路人马,已不再互斗,而是联手一起合制住这头号大敌狂魔再说了。

这箫声、啸声与哮声,使戚少商、孙青霞、詹别野也觉得晕眩、刺耳、心悸。

但三种特异的锐响却不是针对他们而起的——虽则如此,这三大高手依然为这三种蕴糅了极高深功力的奇响而神为之夺。

他们本也想出手、发话、乃至阻止这啸声、哮声和箫声,但在这三种异音复杂下,竟出不了手、发不了话、更妄论去阻止中断这样怪异的声响了。

就在这时,那狂魔突然伸出了手。

他的手一动,就听到串箍在他身上的铁链发出令人牙酸的怪响。

他伸手就像一个与人拉拉手的动作,至少是一样的友善温和。

只不过,他不是真的跟人拉手——既不是跟吴其荣和两蒙面人,也不是与孙青霞、詹黑光和戚少商。

他是向天。

向天伸出了他的手。

中天有月。

月色非常苍青。

他的手仰向了天,他的手非常苍白。

一下子,他的手仿佛感染了月色,从手指开始,变得发青,顷刻间,已传达全身,变成浑身铺上了一层烟霞弥漫般的惨青。

然而,月色仿佛也受到感染,变得非常苍凉惨白,像一张失去了五官的死人的脸。

月色仿佛已与他结为一体。

一样的惨青。

一样的苍白。

一般的孤寂，以及怨、和凄。

月色好像遭水浸透似的，模糊了起来，好像还有点发胀、膨胀了开来。

他的身体也似散发的月色，开始缓缓地浮胀了开来，整个人都有点不真实了起来，就像一个神灵还是什么似的，就降临在这一角飞檐上。

也许他本身并没有发胀，只是身上的气势增加了、增强了，同时也扩大了、拓大了。以致令人肉眼望去，他有点飘飘欲仙，同时也狰狞可怖。

这时候，他双踝之间缠绕着的铁链，原本是斑驳灰褐色的，现在忽然像通了电似的，绽放流通着一种湛银色的异光来，并且不住地抖动急颤了起来，原来它发出令人牙龈酸软的声响，也忽而改变了：

铁链的每一个环扣和环扣之间，因颤动轻碰互击之下发出的声音，竟似有调子的，有节拍的，十分清脆好听，就像——

——就像一个梦。

梦里有一个蓝色的美人，又似是跳跃着一个白色的精灵，然而，她的水袖却是红色的，而且还是绯红的。

奇怪的是，就只是链环之间互相碰的响声，却都使人想起这些：

蓝色的梦。

梦中的美女。

白色的精灵。

水彩色的袖子。

——以及即将远去淡青色的人影。

戚少商是这样想。孙青霞也是这样想。詹别野也是这样揣想。就连同在屋檐下大街上的雷念滚，也一样得升起这样的联想。

这般怪异而奇特的联想。

然而他们都不认得关七，也不曾与关七交过手，交过朋友，甚至还不能肯定眼前的人是不是关七！

——既然他们并不说话，又未见过，又何来这种无缘无故但又似有因有果的想法？

莫不是这披发狂人身上的铁链，正联系了什么绝世的机密，表达了什么高深的契机？还是声音到头来可以演变为一幅画，而每一幅画到头来就是诗，诗到底还原为音乐？

这里边揭示了什么秘密？抑或是世所无匹的功法内力？

这究竟蕴含了什么莫大法力，就连修过佛、密、道的黑光上师，一时也无法体悟理解。

可是其结果却立竿见影，马上见到。

因为啸声、吼声、箫声，不管再大、再锐、再利的声音，都给这好听的乐声压下去了。

一时，天地间只剩这奇异的乐音。

以及这狂人的那一句：

"我命由天不由人——啊——不由人。"

第贰回 我命由我不由人

他三指朝天。弹天。天若有情天亦老。只惜,天往往是无情的;甚至也是无知无觉的。——苍天无情,大地无义,连大道也是无名的。

"听天由命,那还罢了——"只听那披发狂人对着中天青月喃喃自语,"由人?不!任人鱼肉,那就生不如死,不如死了好了……我命在我,岂可由人!"

他的狂态渐成,眼神愈渐明晰,语音也渐清晰。

——原来他的语音并不尖锐跋扈,其实还是温柔动听的,他说每一个字都像在朗诵,每一个字组成的句子就成了歌诵了。

只是他不以为意。

也不为已甚。

只自以为是。

只不过他这样一自说自话时,脚踝、臂腋间的锁链交击之声便低落了下去,只见惊涛书生吴其荣,腹部突然鼓胀了起来,还起伏不已,犹如蟾蜍吐息,手中的箫声,突如裂帛、银瓶乍裂,割耳而至!

同一时间,那修长个子似忽然长高了,像面条一样,全身形更长更窄更狭更瘦。

也更伶仃。

同时,另一短小精悍个子,却似更扁平了,甚至蓦然肥了起来,胖了开来,迅速发胀,更加扭曲古怪。

但他们的啸声更烈,吼声更壮,在这深夜寂静的古城上空传来,当真如同天兵万兽,一齐从天而降。

不过,这一次,却不能收效。

那狂人没有更痴。

也没有更狂。

只有点恼。

有点怒。

他这回不再抖动铁链。

他一旦察觉这三人再次联"手"以"声"来钳制他，他就做了一件事：

他再伸手。

他苍白的手。

他只有一只手。

他的手很小，很秀气。

——尽管他的身体、须发乃至衣袂有点肮脏、相当邋遢，还沾有许多灰尘、泥垢，但他的手依然白净、相当干净。

他的指骨很有力。

指头很尖，像女子的纤指。

他的腕骨很瘦，像孩子的手。

——就这样的一只手，伸向中天，似是跟苍穹求救，要与皓月拉手。

月只有光。

没有手。

只不过，当他的手一伸，就弹出了手指：

三只手指。

——中、食和无名指。

他的手指一旦弹出，局面就变了：

月亮的光华，仿佛全都吸取漫经在他的指尖上，而且迅速蔓延贯注到他的手臂上。

他三指朝天。

弹天。

天若有情天亦老。

只惜，天往往是无情的；

甚至也是无知无觉的。

——苍天无情，大地无义，连大道也是无名的。

人呢？

他的手指才一弹了出去，就听到两种很特殊的声音：

一、遥远的天际，忽而传来一种声音。

一种相当"古怪"的声音。

——所谓"古怪"，是因为满城的人，包括各行各业各色的人等，连睿智如诸葛先生在内，都肯定没有听过这种声音，所以，也无法联想或推断，那到底是什么事物？

那是"嗡嗡"，也是"胡胡"，甚至也是"隆隆"的声响，像磨坊飞到了半空，就像水车、风车在星际旋转，又或是九百九十万只比人还大的蜜蜂，快要从天而降。又或是一只比耗子更大的蚊子，一针刺进了人的耳膜，且潜入了脑门里去。

——那到底是什么东西？

不知。

只有声音。

没有形状。

——甚至连痕迹也没有。

只知"它"由远而近，又似只在中天徘徊翱翔，不远不近，若即若离，不生不灭，如色如空。

二、那是一个人的大叫。

叫的人是在长街口。

瓦子巷的巷口。

那人叫的是四个字。

那是一记招式的名称。

——可是当这招式给唤起的时候，人们（至少武林中人），自然而然地就会想起一个人的名字：

白愁飞。

——这人大叫的四个字正是："三指弹天！"

不止叫了一声。

也不止是叫了一次。

那人一连叫了三声，喊了三次："三指弹天！天！三指弹天！天哪！三指弹天！天啊！"

三次"三指弹天"里，还加插了"天""天哪"和"天啊"，可见叫的人惊愕程度之甚：

叫的人本来一向都很镇定。

他是在"金风细雨楼"里镇定出了名的人，同时也是当日在白愁飞麾下"定"得让这曾手握大权的"白楼主"也对他十分注重赏识的人物。

他就是孙鱼。

孙鱼而今之震愕，就是因为他曾在白愁飞手里任过事之故。

他一看便知，那狂人使的正是白愁飞的绝门也是独门的指法。

——那是白愁飞的指法，这人却怎么会使？！

可是感到震愕的不只是他一个。

另一个人没有叫，不过心中却感到无比地震惊。

这震惊还带着惊悟,羞愧与喜怒。

尽管他心中十分震动,但他绝对不会叫出声来。世上几乎没有什么事情能叫这人失态、失惊或失声的了。

甚至连那宝石般的眼色都没有过任何一丝惊悚的闪影。

他的神情依然孤寞。

嘴角依然冷峻地下抿着。

他的秀眉依然如刀,眉骨依然如斜倚着的远山似的高。

还带着雪峰般的傲。

——只不过,如果极为熟悉他的人,十分留心注意的话,也许就会发觉,当他看见那狂人在使出"三指弹天"的一霎间,他苍白的脸孔突然充了血,然后又迅速尽退如潮,他的脸色又还他个苍白依旧。

他依然连头都不抬——就连他的脖子也早已扭断了似的。

他从不抬头。

他也不要抬头。

他真的不能抬头。

——他就是京城里黑道上最大势力的"六分半堂"三代大堂主:"低首神龙,断颈争雄":

狄飞惊。

狄飞惊依然匕鬯不惊。

但他心中却是暗悚不已,意念直如电掣星飞。

——屋檐上的人,为什么会使"三指弹天"?!

——难道白愁飞未死?

——可是月下的狂人,的确不是白愁飞!

——而是关七？

——关七为什么会在这里出现？！

——而且重现江湖的关七，为何会愈来愈年轻？还越来越俊秀？！

他心中震动、惊疑，直至他把关七乍现的事跟吴惊涛扯在一起一并想，便恍悟了一半，却增加了一半的惧恼和喜怨。

他明白了：

——难道……

明白了的他却更狐疑：

——原来……

第叁回 我命由我不由天

男儿要成大功、立大业,背叛、暗算,不是个好方法。要干出不凡的事,就得要下非凡的苦功,没有实力,再好的机会也得平白错过。

二更三点。

狄飞惊是由四名颈束着长发道人一般的汉子,用竹竿抬到街角来的。

他的人就端坐在藤椅上。

他坐得很舒服。

他予人的感觉也很舒服,他连穿着都让人有舒适的感觉——只惜他一直没有抬头,而且好像也真的抬不起头来。

江湖中人都盛传他一早已折断了颈骨。

——但折断颈骨的他,不等于也没有了傲骨和风骨。

他很少跟人动手,但江湖中人几乎没有谁不怕他,京师武林的歌谣有诵:"不怕金风细雨吹打,只怕密云不雨杨无邪皱眉;无畏六分半堂剥削,只惧低首微笑狄飞惊抬头。"杨无邪和狄飞惊均是这京城二大势力的智囊、军师,可见声名之隆、地位之高。

他极有傲骨,别看他一天到晚只佝偻着背影:他生平只服膺于雷损。

——就算是老谋深算的雷损,得势当政时难免也造了不少杀戮。

本来要做大事就少不了要得罪人结仇,不结怨或仇的,多不能行大事。

可是狄飞惊依然小心翼翼,尽量避免多结仇家:宁结千人好,莫结一人仇——这就是他的原则。

一旦真的结仇,别人也能体谅到他的身不由己和情非得已。

不过,一旦和他结仇,他也不再需要任何人的"余脊",因为他必会用霹雳手段,将对方彻底铲除。听说他是不抬头还好,一旦抬首,就要杀人。

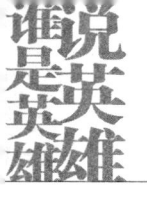

所以大家也一清二楚："六分半堂"里最受人尊重的人，当然就是狄飞惊；可是最惹不得、不好惹的人，只怕也是这狄飞惊。

——虽然人们谁都没见过他的出手甚至连他会不会武功也极少人知晓。

但今晚却有一个在场的人一定知道。

这人当然就是：

雷滚。

——原名雷念滚的雷滚！

他当然记得狄飞惊。

他当然知道狄飞惊的武功：

想当日，他就是对狄飞惊的武功掉以轻心，以致刀一闪，他给狄飞惊大堂主一记匕首贯胸而过，差点儿就命丧苦水铺，世上再也没有雷念滚这个人了。

但他却没有死。

杀他的是狄飞惊，救他的也是狄飞惊。

狄飞惊当时嘱树大夫悉心救治了雷念滚，并且告诉了他几句话：

"男儿要成大功、立大业，背叛、暗算，不是个好方法。要干出不凡的事，就得要下非凡的苦功，没有实力，再好的机会也得平白错过。杀你的是我，救你的也是我；要是你不能振作，退隐江湖吧，别半死不活的。要是能够再起风云，就不辜负我救治你之意。"

狄飞惊如是说。

这番话影响雷念滚极深：

——尽管他好像真的远离了江湖仇杀、武林是非，变成一名倒粪的平庸人，可是，他始终不肯离开京城，他也始终没放弃他的武功。

他已给击倒。

但他没有死。

——那都是因为狄飞惊。

而今狄飞惊来了：坐着他那舒适的藤椅，让人扛了过来。

他认得他。

他记得他。

他也忘不了他。

——这样一个让人看去舒舒服服的，甚至连死在他手里也仿佛会死得特别舒舒服服的人！

不过，现在的狄飞惊，尽管仍坐得非常舒服，但心里却不可能会太舒服。

——不仅是因为关七的神奇再现。

因为还有另外一个人的出现：

杨无邪。

既生瑜，何生亮？

——问题是，谁才是"瑜"？谁才是"亮"？

大家都知道，周瑜虽然惊才羡艳，权大势大，但到头来依然斗智斗输给诸葛亮。

大家也都晓得，狄飞惊是"六分半堂"的智囊，可是，"金风细雨楼"的军师，却正是"童叟无欺"的杨无邪，这一点，不管苏梦枕和雷损是不是仍在世都一样，都没有改变。

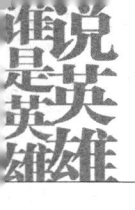

因为有狄飞惊在，杨无邪并吞"六分半堂"的计划，才无法全面奏效。

也因为有杨无邪这个人，狄飞惊发动反击"金风细雨楼"的大计，才不能得逞。

两人天生是敌。

——但仿佛是一人两面，天生相知：至少对对方盘算策略，洞若烛火。

是以"六分半堂"历尽挫折，依然站立；"金风细雨楼"也尽历风霜，但依然不倒。

因为有杨无邪。

因为有狄飞惊。

——因为有这种人物，是以仍撑起傲视同侪、独霸一方的大局。

问题只在：到头来，谁胜谁负？谁才是诸葛？谁才是周郎？

现在问谁是最后的赢家，的确是谁也不知，只不过，狄飞惊既然及时赶来了，这种场面，自也不能没有杨无邪。

京城里一旦出了大事，一定少不了"六分半堂"的人，也更少不了"金风细雨楼"的人。

——要是在十数年前，更少不了的是"迷天盟"的人。

可是，后来"七圣盟"没落了，颜鹤发、朱小腰先后毙命，邓苍生、任鬼神改而加入"六分半堂"。而今，在前朝功臣元老司马温公旧室屋顶之上乍现的却正是身份诡秘莫测的五、六圣主，以及一度失踪疯狂、犹如神龙见首不见尾的盟主关七——岁月流转，时光飞逝，一番人事几番新下来，"迷天盟"原是京师里三大势力之一，而今变为今晚出事、生事的势力，反为"六分半堂"和"金风细雨楼"两派势力所监察、留意着。

"动乱"一生，"金风细雨楼"的杨无邪来了。

"六分半堂"的狄飞惊也来了。

狄飞惊是乘在滑竿上、坐在藤椅上出现于街角。

杨无邪则是骑在马上。

牵辔的就是孙鱼。

孙鱼正为关七的出手而震愕，喊出了"三指弹天"。

——同时也喊出了杨无邪心中的震愕。

这震惊同时也在狄飞惊心里发生。

不过他们都一样，不表达于脸上，口中。

——在这一点上，他们都是那样的接近，如果不是敌我的对立，而简直似是同一阵线、同一个人。

正如他们赶过来的方式，也选择了最"舒服"的代步：

一个乘滑竿、坐藤椅。

一个则骑在铺着厚绒软缎的马驮上。

他们都懂得让自己过得舒服，懂得养精蓄锐，这样才能把最精最强的智慧和体能，用在要面对和应付的大事、困难上。

可是来的当然不止他们二人。

——既然"六分半堂"来了人，"金风细雨楼"也来了要人。代表官方势力不可能毫无动静。

官府也有的是能人。

这个能人来得也很"舒服"。

他是给轿子抬着来的：

他自然、当然、必然就是——

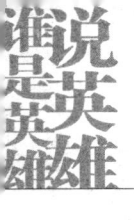

——"四大名捕"中的老大：无情。

无情来了！
来的是无情。
——由于铁手、追命、冷血多有重任在身，给派出去外面办案，所以留守京师大本营，帮助诸葛先生运筹帷幄的，多是身有残疾不良于行的大师兄无情盛崖余。

他双腿虽废、但反应从来不慢。

不但不慢，他的行动一向最快，而且他的轻功可以说是当今武林中最诡异的，他的暗器手法也是给武林中尊称为"明器"，并以"以一人敌一门（蜀中唐门）"形容之。

更卓绝的是他的机智。

——身上的残障使他更努力引发他过人的才智。

他一向就是一个不听天由命的人。

他的看法一直都是：

我命由我不由天！

而今他来了！

他是乘着轿子赶来的。

——抬轿的是四名青衣童子。

这一下子，骑着马的杨无邪、坐有藤椅的狄飞惊、还有在轿中的无情，都遇在一起，在这惊变惊动的京华之夜里。

这三人都一起会上了。

他们都是人间智者，同时也是名震八方、一时之杰，都因一个惊变，赶了过来，会在一起。

甚至还不止他们三人。

还有一个人,是坐在华贵马车里赶来的。

赶车的两个少年人,都俊,都秀,都俏。

——甚至比女人还娇。

也骄。

坐在马车里的一个圆溜溜、肥嘟嘟的、右腕戴着蜜蜡经珠镯子、右手无名指戴着只牛眼大翡翠戒指的大胖子。

这胖子亲切温和,常常笑意可掬,永远笑面迎人。

他仿似弥陀佛,不但慈祥,而且慈悲,谁都不会生气他,他也不会生任何人的气。

但在这京城里,乃至武林中、江湖上、黑白二道甚至朝廷军兵,贩夫走卒,天下间只怕无人敢惹怒这个人。

这个胖子。

——这个笑嘻嘻、无所谓的人。

因为他姓朱:

他是朱月明。

——他既是刑部的"老总",也是所有"用刑部队"里真正的"老大"。

他也来了!

——京城里一旦有事,自然也少不了他!

有一段时候,他的地位几乎遭他一手栽培出来的任劳任怨替代。那主要是因为蔡京要以任氏双刑"取而代之"。

蔡京见朱月明八面玲珑,已开始不信任这个面面俱圆、招招杀着的人。

朱月明在这时期便韬光养晦,放手放权,不动声色,静观其

变,直至蔡元长因赵佶相妒而罢官,他又复出执掌刑部大权。

而今,他也来了。

——当日苏梦枕带王小石、白愁飞直扑三合楼,跟狄飞惊作生死谈判之时,朱月明带同张烈心、张铁树也来过,刺探情报,京里发生这些惊变、大事,岂可没有他在!

他怎可不来!

第肆回 人命由我不由天

繁华过后的荒芜，那才是真正的大孤寂；热闹过后的孤独，才是真正的大寂寞。

这时际，眉心有痣的杨无邪、双腿俱废的无情以及胖脸笑靥的朱月明，都一样抬头往中天月下、飞檐屋上仰望。

——在戚少商与孙青霞决战时，他们已有所风闻，几乎是同时赶到，然而这时戚孙已成同一阵线，他们联手要对付的是一代狂魔：关七！

唯独是一人仍没有抬头。

——狄飞惊。

是不是因为他的颈骨已折，所以才无法抬头张望？还是他觉得人生在世，本就是低首的时间多于抬头，既然时候未到，时机尚未成熟，他又何必在此际举首抬头？

他显然没有抬头举目去看，但他在听。

他在分辨。

他对温公旧邸飞檐之上的一动一静依然一清二楚。

他虽然没有抬头，但他心里比谁都更加震动。

而且感触更深：

当日京城三合楼一战，给铁链铐镣着的关七，以一人对敌"金风细雨楼"总楼主苏梦枕还有他新结义的兄弟白愁飞、王小石，更力战"六分半堂"总堂主雷损，还跟自己对了一招，四五人力战，均取之不下。而今，王小石被迫离京，白愁飞与苏梦枕相继身殁，雷损给苏、王、白三人联手消灭，今晚，曾经联手对付这狂人战神关木旦的五大高手，已烟消云散，只剩下自己一人，还在这里。

他当然不无感慨：

看来，关七是更疯更癫，也更无常、更无敌了！

但看去却也更年轻了！

——对关七而言，年岁仿佛是活了回头，心境亦然！

（这到底是怎么回事呢？！）

至于他自己，仍一天到晚垂着头，处理各种繁忙琐碎、繁重吃力的事务，仍然一直得不到心里最想得到的爱，他已疲乏了，他已累了，心也老了。

——至少，他就感觉到自己的心境分外苍老！

是以，这么多人在这样一个奇异的月夜里乍见这武林传说里的神奇人物：关七，惊讶的惊讶，震动的震动，不敢置信的，不敢置信。

却以他的感慨最深。

本来是一群人的，忽然只剩下了一个人，那种寂寞，你经历过吗？

一切的繁华，到底都要落空的；一切的畅聚，到头来都要散的。热血，总会冷的；热情，总会降温；花开了要凋；人活着会死；圆满到了顶点就得要破碎；色就是空，空却不一定就是色。

聪明人肯勤奋努力，又有好运气，便是有了莫大成就，却又如何？到底，人生是寂寞如雪的。

所以，有些人不是不喜欢过得热热闹闹，而是不想让自己习惯了热闹之后，忽然要自己一个人面对无尽的虚荣。

——因为繁华过后的荒芜，那才是真正的大孤寂；热闹过后的孤独，才是真正的大寂寞。

所以狄飞惊只忙着做事，少与人交往，少作欢娱。

——有什么值得开心的呢？到头来，在一起的仍是得要散的，你真正想要得到的，一旦得到了其实不是那么必须要得到的，一

时用心又如何？到头来很可能只换来一辈子的伤心。

狄飞惊就是个伤心人。

虽然谁都不知道：他是给人伤透了心。

他是个自律的人。

他的生活很节制：

他是把眼前的事做好，分内的事做好：

——只要把这些事做好，他就形同掌管了数万人的性命与成败，左右了京师武林的风起潮落，这就是他最值得自豪的地方。

没有其他。

其他的人，包括在屋脊上的戚少商、孙青霞、詹别野，以及本在屋里头飞登屋檐一矮一高的蒙面人和惊涛书生吴其荣，还有刚刚赶到现场的朱月明、无情、杨无邪、孙鱼，连同狄飞惊本人，都无尽讶异地目睹了那独臂战神关七，扬手弹出了"三指弹天"：

这招当年白愁飞名震京师的独门指法！

三指才弹天，局面遂生变。

"啵"的一声，吴惊涛手里的箫，一折为二。

那精悍的蒙面人，好似张口吃了一记拳头，声音忽然哑了。

那修长汉子却在尖啸中失了声。

这一来，现场除了关七的呼号向天之际，一时间就没有别的声音？

"人——命——由——我——桀桀桀桀……"

他咧嘴笑。

唇红至烈，就像嘴里含了口血。

鲜血——别人的，许或是他自己的！

他桀桀狂笑说了下去:"——岂不由天!"

看来,他不一定是已恢复神志,但肯定是已恢复自信。已不自负和狂妄。

然后,他俯视众人,问:"刚才是谁在这儿动手的?"

他用手一指戚少商,咧开艳红的嘴,问:

"你?"

然后又指孙青霞:

"是你?"

再指向黑光上师,问:

"还是你?"

前前后后,他一共问了三次,指了三指,向三个人。

但三人的反应和遭遇,都有极大的区别:

关七一指,隔空丈七,戚少商只觉全身一热。

他原也有提防。

他怕关七凌空发指。

所以他一闪。

闪开一旁。

按照道理,那一指绝不可能击着戚少商。如果真有指劲,也必击空。

可是,戚少商仍觉得全身热了一热。

不知怎的,的确是全身一热。

相反的,孙青霞觉得全身一寒。

寒意浸入。

也侵入。

关七向他那一指,他也侧身让了一让。

如果关七那一指真的蕴伏指劲,那一指也必落空。

但却没有用。

孙青霞仍觉寒了一寒。

由脚指头寒入心头,再寒上了头。

——这样看来,关七这随意的两指,所蕴的并不是内力、指劲,甚至也不是武功,而是一种至大无过的、可怖可畏的奇异能量,完全从心所欲也随遇而安的气流振频,在关七手上使来,不但王指点将,也点石成金,化玉帛为干戈,超生回死,那是一种非武术的、宇宙自然间原有的力量,给他把握到了、纵控住了,随手运用,使得来自人的力量完全不可以抵御、拒抗。

这力量似乎并不可怖。

反而有点亲切。

此力量不算可畏。

却又极陌生。

它是强大的却又是含蓄的,强烈的却又是温婉的,强而有力但又是无形无迹的。

这一霎间,戚少商和孙青霞各自都闪开了那一指——但仿佛又都没有避开,各着一指。

但硬碰和硬接这一指的,却是黑光上师詹别野!

关七的"三指弹天",第一指是"破煞"之势。

这一指蕴而不发。

"三指弹天"的第二指是"惊变"一式,但这一指也点到即止。

第三指是"天敌"。

这一指却已发了出去。

——它是给激发的。

诱发这一指的人,却正是黑光国师詹别野自己!

第伍回 天命由我 不由天

仿佛，喜欢到了极处，欢喜到了最后，那就是痛苦，到底还是苦痛。

詹别野一听关七向他问出了那句话，心中就一震。

他乍见关七，就生起了一种心情：

斗志。

——原先他捧剑步上飞檐来，就曾起过一种：跟孙青霞、戚少商一决胜负的争雄之心。

这种燃烧的斗志，近日他已少有，也少见，就算有，他也一直尽能克制。

但今晚却十分狂烈。

——他几乎给这争胜之心烧痛。

今夜的确是个例外。

但他却不知何故。

直至他一见关七，才知道自己给剧烈斗志烧痛的来由，他甚至也几乎找到了为何戚少商和孙青霞终于免不了一战，以及为何要退到这飞檐上才终于动手的真正缘由：

——原来真正的"战神"，就在这屋檐下、屋子里！

"它"在，自然便有战斗。

"它"激发了一切人的斗志。

"它"本身就是战和斗。

是以，今晚还没有动过手、但浑身让斗志烧痛的黑光上师，乍遇关七向他隔空出手一指，他不但不避，还立即、马上、而且也自然而然地作了一个反应：

还了一招。

他双手一抱，合成一圈，一股逆向的、倒错的、对流的古怪劲道，返送了过去，包围住了那一指之力，就像数十头猎犬围剿一头猛虎似的，非要把它逼入陷阱埋伏里才甘心。

——一旦陷入他的气场里，那就形同坠入深渊，那是无边无际无涯无岸，同时也无生无死无敌无可抵御的境地，绝对能瓦解敌手的攻势，同时摧毁敌人的性命。

　　他这一招正是他的绝学：

　　"黑洞"！

　　"黑洞"是一种粉碎一切力量、歼灭一切敌人的武功，来自于黑光上师数十年来交熬修为的"黑光大法"。

　　——就算敌人再强大，一旦给他卷入"黑洞"里，还是必败必亡必无幸免。

　　詹别野现在就是发挥这种粉碎、歼灭、剿杀的力量！

　　也不知怎么，他忽如其来生起了一种斗志：

　　——击败关七！

　　——最好还能打杀关木旦！

　　——只要能一掌击杀关七，他就自然成为天下第一！

　　他平时并没有特别强烈的野心要当天下第一，可是此际却非常强烈！

　　是以，当关七一指指向他，他马上就以"黑洞"相逼。

　　他要硬接这一指。

　　他要面对关七的攻击！

　　他甚至要挑战关七！

　　所以他也立即遇上了反挫。

　　原本关七是否有意发出这"三指弹天"中的"天敌"一指，这是谁也不能推测的事。

可是一旦詹别野使出了"黑洞",引"敌"入"洞",然后再激发出灭绝痛击,使得关七突然撤去了"天敌"一指。

"天敌"一去,只听关七像倾诉般地哆出了一句:

"惊梦。"

这句话只有两个字。但在关七说来,像一个十分销魂的梦,而且还相当有感情。

——就像一场美得十分颠覆的爱情。

他出招甚缓。

徐徐。

徐徐出招。

"惊梦"之指。

——慢而缓、香而甜,就像是一个午后的梦。

梦醒必空。

——梦后的惆怅。

"天敌"尽去,梦醒惊觉,像一场失落,却直攻入"黑洞"的核心。

就如长空划过一道极光。

电光直攻入"黑洞"的中心。

詹别野已不及撤招。

这个时候,他若不打下去,那只有给人直捣黄龙,粉身碎骨于噩梦之中。

他只好发动了:

"黑光大法"。

黑光大法:

那是死的力量！

黑光暴现，正要卷噬那如梦如惊的一指。

但关七拇指一捺、尾指一挑、中指急弹，这才是真正地发出了"破煞"一指。

"惊梦"之指的虚空力量戳破了"黑洞"，"破煞"的霹雳雷电迎战"黑光"：

那黑光忽发生了异变：

——白！

那光倏然转了形态：

——黑！

一下子，黑白倒错、扭曲、逆转，詹别野只觉脸上好像有一块膜，突然噗的一声碎了，甚至连耳、心膜都一齐裂开了、撕开了，"黑光大法"已有了缺口，而且也失去了凝聚之力！

他大叫一声，但语音突然嘶哑：

"先天——"

他的话陡然中断。

他的话给关七的尖啸切断：

"人命由我——"

他一面说，左手三指，已弹出"小雪"，右手三指，亦攻出"初晴"一式，夹攻詹别野！

——这是当初白愁飞成名绝技"惊神指"中的二大杀着。

詹别野的黑光已破，黑洞已穿，眼看再也无还手之力。

可是就在这一霎之间，黑光上师詹别野却似变了。

他整个人好像变成了一团黑气。

妖气。

他全身好像一道扭动着的龙卷风，那"小雪""初晴"二指破空而至，但到了这"黑色地带"，也顿失劲道，好像只变成了两条无形的飞絮，已不具任何杀伤力。

关七的多黑少白的眼一翻一瞪，猝叱了一声："好！"

突然，一长身，就跃了下来。

他只一动，也没见他怎么动，便已到了黑光上师的身前。

他一伸手，向那黑气中心就是一探。

也不见他怎么动作，他只一伸手就出击，就像他的手是一束电、一把刀似的，一戳就戳入了妖气的核心。

只听哑哼半声，黑光上师横走十七八步，身形一阵摇晃，脚下一阵踉跄，满头散发，黑气布脸，骇然失声叫道：

"先天无形——"

语未说下去，已说不下去，显然在关七一探手间，他已吃了大亏。

关七一招出手，见詹别野以"黑洞"迎击，他脸上出现的尽是欢喜之色。

——仿佛有人敢对他出手，是一件绝对值得他高兴的大事！

所以他撤"天敌"，改而发出"破煞"和"惊梦"，这两指原是攻向戚少商、孙青霞的虚招。

可是詹别野虽然尽落下风，但依然能接得住他这两招，以他的"黑光大法"。

到这时候，在关七脸上闪现的已不再是欢喜。

而是狂喜！

他立即随手弹出了"小雪"和"初晴"。

黑光上师却仍是以"天下一般黑"的气功,吸收化解了这两招。

这时际,关七才真正地出手。

他不只动手。

人也动了。

他一掠便到黑光上师身前,正式在近距离中出手。

此时,他脸上不止是狂喜之色。

——虽然仍是狂喜,但却隐伏了无尽苦痛的狂喜之色。

仿佛,喜欢到了极处,欢喜到了最后,那就是痛苦,到底还是苦痛。

他一出手就破了詹别野的"天下一般黑"的气功。

这之后,他脸上痛喜之色渐去,换上来的是一种寂寞之色。

寂寞之意。

不过,这落寞的神色一闪即逝。

狂喜乍现。

因为在这时候又发生了一件事。

不,是忽然出现了几种特征,其中包括:

声。

色。

味。

那是一种极其斑斓的色彩。

也是一种非常优美的音乐。

更是一种十分好闻的香气。

甚至也是一种相当微妙的悸动。

这四种感应形成了四种不同的力量,一齐罩向关七的背门!

同一刹那，有一爪三掌，也趁隙攻向关木旦！

那四种感觉，连同着一声大叱：

"呛。波如兰者利！"

一齐攻向关七！

关七全身一震，如遭雷击。

月光照他脸上。

他狂喜。

他狂热。

他狂。

疯狂。

他猛地回身，面对出手的人就出了手。

向他出手的人正是：

"惊涛书生"吴其荣！

不只是他。

向关七偷袭的还有两人：

两名蒙面人！

高瘦汉子一手"落凤掌"，一手"卧龙爪"，攻向关七左右肋。

矮实汉子双手以"无指掌"重击关七心房、喉颈！

两人嘴里还发出呼哨。

他们出手当然十分惊人：

惊人的快！

惊人的狠！

惊人的杀着！

——其变化也惊人的诡奇！

可是对关七而言，受惊觉险的仿佛还不是那色香味触法的掌

功和这三记歹毒的暗算!

而是那几声古怪的胡啸和咒语。

他回身,仰脸,月光惨青苍白,正洒落在他头上。

他忽然一掌拍落。

拍在"天灵盖"上。

他自己的"天灵盖"上。

然后他大吼了一声:

"天命由我不由天!"

第陆回 我命由我不由我?!

"铁树开花"本来就是一件难得的事。他们奋斗的目的,不过只希望:我命到底由我!

关七这一掌击在自己的"天灵盖"上,战况立即大变!

要知道"天灵盖"乃人体重大死穴之一,平常让人击着,也负创必重,何况关七这等绝世神功、无边大力!

——他就算是对自己出掌,也绝不容情。

然而关七却一掌往自己"天灵盖"拍落,"啵"的一声,他哧地疾吐了一口血箭,两眼也同时渗出血丝来!

那一口血箭,正打在那矮小精悍的蒙面汉子脸上!

这一下,那精悍短小的汉子掩面仰天而倒,一路滚下了飞檐,惨叫之声不绝。

那只是一口血。

一口血就瓦解了这汉子精修苦练数十年的"无指掌",而且还把他打下了飞檐。

然后关七五指急弹,指法千变万化,白愁飞"惊神指"之"立春""雨水""春分""清明""谷雨""夏至""小暑"和"芒种"一路飞弹,有的指劲发出极尖锐的破空之声,有的指劲则和着非常好听的乐音,有的指风袭出一缕妖黑,有的指风则绿嫩袅袅,何等媚人,有的指意飘忽莫测,沉浮不定,指意大开大合,纵横捭阖,有的指势一出,便发出浓烈的血腥味,有的指力才发,便腐尸般的味道大作。

这些指法,全攻向吴惊涛。

吴惊涛正以"活色生香掌"攻向关七。

关七回击以弹琴般曼妙的指法。

惊涛书生忽然手忙脚乱,本来是"味"的掌功,而今却与"色"的掌法掺杂在一起,变得不伦不类,而本来是"声"的掌意,如今却成了"触"的掌势,完全弄混了、搞乱了!

他本来的武功,是一动意就马上抖决迸发,已几近于绝代高人的那种:"一羽不能加,一施不能落,一触即有所应"的最高境界——可如今他完全受关七的指法所制,变得乱作一团,好像是章鱼的爪子全纠结在一起,又似是一阵狂风乱吹,把蛛网都纠缠在一起了。

这一来,就变得无所施展。

无法施展。

——不是不想有为,而是无可作为;不是不敢作为,而是无能为力。

吴惊涛在这一霎,变成好像是自己"声"的意功要向自己"色"的掌意挑战,而"触"的掌法又与自己"味"的掌力决战。

他自顾不及,而且还手足无措。

他阵法大乱。

这是惊涛书生出道以来,与敌交手,第一次感觉到这般艰辛、畏怖、且力不从心。

他殚精竭虑,全力应付。

他还好。

修长汉子可更惨。

关七一旦自拍"天灵盖"后,也没忘了他,更没忘了他的"落凤掌"和"卧龙爪"。

他也一样出指对付他。

但只出一指:

"惊蛰"。

"惊蛰"这一指,是关七向那修长蒙面汉子随手弹出的,就像

一个熟练琴师手里指间的一个音符一般,在整首曲子里只是一个独立的音阶,承先启后,但对那修长汉子而言,这一指却似他命中注定要相逢,已等了七世三生终于遇上的这一指。

修长汉子本来正趁吴惊涛出手对付关七吸住了他注意力之际,与精悍汉子齐出手施暗袭,可是关七自拍天灵盖,以一口血箭打飞了矮汉,修长蒙面人已知不妙。

他一知不妙,便退。

疾退。

可是关七已向他出指。

他退得再快,也快不过关七的指劲。

这一霎间,这修长个子的蒙面汉子正与关七打了个照面,使他乍然想起了一个人:

一个白衣白袍、孤傲冷漠的人——

白愁飞!

他曾与白愁飞在"三合楼"的长街上对峙过。

当时,他曾狙杀雷纯身边的兰剑婢仆,白愁飞确曾动了杀这修长个儿蒙面人之意,可是因关七出现,挑战场中所有高手,所以白愁飞只把这高长个子"六圣主"迫得狼狈不堪,却是未及杀他。

可是,那时候,"六圣主"已生起了一种甚为奇特的感觉:

——他必须杀死白愁飞!

——要不,他就会死在这白衣人手下!

——他们两个人的命运就像交织、交错、交杂在一起,就看谁杀死谁、谁死在谁的手上而已!

对这种感觉,"六圣主"一直非常惊恐。

——是以,当风闻白愁飞死讯,他比谁都高兴。

他的郁结已解:

原来那预感是错的,不会发生的,因为白愁飞已死了。

他有强烈的、活下去的愿望。

为了活下去、好下去,他是不择手段,也不惜一切。

当年,他出卖关七,原因是有两个:

一、活下去。

二、好下去。

他出身不好。

他一出生就极低贱。父母兄姊全为人奴婢,他的爸爸因触怒了主人,给活生生剁掉了五只手指,并一夜在寒冬里的柴房痛苦到天亮、也冻到天光,没人敢为他说半句好话、甚至不敢上前为他盖一张毯子。

他的哥哥更惨了,因为喜欢上一个主人的亲属女眷(那女子的样子有点像兰剑),给发现了,便给活生生地打死。

打死了也没人敢报官,而他这一家子更让人瞧不起,所以到他姊姊让少爷强暴奸污了,大家都只更鄙夷,都说他姊姊是浪蹄子罪有应得。

到那时候,他就决定不待下去。

不再在他那卑贱的家里。

他决定出来闯。

他要报仇。

他要远离这沉沦的环境,因为这环境快让他活不下去了,而且也活得太坏了。

他懂事之后，看到主人的少爷、公子、小姐能活得那么好，而他却活得那么苦，那么坏，他决定要活得非常好（至少他要像他们一样）地活下去。

所以他远离家乡。

他出去闯荡，他要看看：我的命到底由不由我？

可是闯荡不易，要闯出名头更难，要报仇杀掉襄樊小霸天王小七一家，那就更难上加难。

要做到这件事（报仇），只有两个办法：

一、他得要使自己强壮。

强壮自身就得要练武。

二、他要使自己更强大。

强大自己就先得与其他势力结合。

所以他痛下苦功习武，而且他很快地就发现若从正途正派去练武，只怕此生此世，也难有出人头地的机会。

故此他从邪途上练。

"落凤掌"是相当阴损的掌力，"卧龙爪"更是十分歹毒的武功，两种武功并练，先是性情大变，而后是不能人道，脾气也会古怪不堪。

然而他不但把这两种可怕的武功同时练成，他更进一步，把两种歹恶武功糅合为一，是为"落凤爪"，而且再继续练，练成了"开花指"。他一面练好这些阴狠恶毒的武功，一面加入庞大的黑道势力。

当时，"迷天盟"的势力已伸展到襄樊一带。

——"迷天盟"在关七手里强盛之际，不仅在京城里独霸天下，其势力亦在多个大城盘踞、发展，声名远播，囊括黑白二道精英，实远比"六分半堂""金风细雨楼"壮大发展多了！

六圣主张烈心表现殊异，于是取得当时"迷天盟"二圣主闵进、五圣主吕破军、六圣主张纷燕的赏识，晋升为"迷天七圣盟"襄樊一地的分舵舵主。

他当了舵主之后，当地"小霸天"王小七一家子可有难喽。

他杀光他们的男人，再奸污了王家的女人，做得斩草除根、够狠够绝。

但这样做绝了，官府就难免要追究。

他只好撤离襄樊，千方百计，得各圣主保荐之下，进入了"迷天盟"京师总坛。

以"迷天盟"当时强大的势力，自然保得住他。

不过，由于他所格杀的"小霸天"王小七，其实是"飞斧队"余家的成员，他结的梁子很不简单，捅的娄子颇大，种的仇也十分之深。

"飞斧队"余家也动用了武林和官府的势力来追究这件事。

张烈心尽管投靠了"迷天盟"，谁也不敢直接动他，但由于他也是官府通缉的"黑人"，曾绘像画图，贴出海捕公文，所以，他也常年、长年蒙着脸，不以真面目示人。

正好，"迷天盟"除了七圣主关木旦之外，一向都是蒙面行事的，也符合了该盟的风格与特性。

这亦使张烈心正好借此"名正言顺"地避开度劫。

他原名张成，后改名为张烈心。

尽管他蒙上了面，他的一颗心，仍是炽热的。

仍是烈心。

他还有一名堂兄弟，原名张汉。

他也是苦命人，出身与他大同小异。

是以，他便与张汉一同加入"迷天盟"，一同起事，同一阵线，冒升奇速。

张汉也跟他一般有斗志，他也改了名字，就叫：

张铁树。

这之后，武林中就有了"铁树开花"这一对高手的名字。

"铁树开花"本来就是一件难得的事。

他们奋斗的目的，不过只希望：我命到底由我！

——可是结果呢？

关七渐渐练功近疯，"迷天盟"便起了彻底的大变化，局面逆转，"迷天七圣盟"已渐式微，抵受不住"六分半堂"和"金风细雨楼"攻击吞噬。

在这时机里，既是危机，也是良机。

张烈心、张铁树只抓住了两个原则：

他们要：（一）活下去；（二）好下去。

所以只有一条路：

一个选择。

——背叛关七！

他们要背叛关七，就得先讨他信任。

要争得他信任，首先得要极尽阿谀逢迎、尽投这不世人杰之所好。

他们要让关总圣主信任他们。

而他们真正要投靠的是更强大的、方兴未艾的势力：

"有桥集团"。

第柒回 人命由人不由人？

要活下去。还要活得更好！

那时候，关七真气走岔，已进入走火入魔、半疯狂的状态。

他时常看到天空上有"大飞鸟胡嗡的盘旋"，又见到地底下有"长虫轰然疾走"，几个圣主访遍名医，束手无策，只好带他去西南一带的名山秀水野外之地去透透气、休养身心。结果，他竟说在深山里看到一群身着深绿衫的人，手里拿着一管管会喷火炸响的事物，把人和树都打得千疮百孔，又竟然在散步于明月夜间，仰首望见"有两个臃肿肥胖的家伙就在那月光上散步"。他们只好又"敬请"他回到京师，结果他竟然终宵不成眠，哭肿了双眼，因为他居然"梦见"远方城里有群拿着"太阳旗"的倭寇在尽情屠城杀人、奸淫掳掠，而且竟还"目睹"眼前之地有"手持厉害武器的人在杀戮手无寸铁的老百姓、年轻人"。关七十分悲痛，从此恶疾攻心，神志不但更患得患失，也幻得幻失，半疯近狂，日益严重，终日难欢。

大家都不知道他在谈什么，只知道他是疯了。

他已疯了。

他一定是疯了。

他疯，大家可不能陪他疯。

那时候，"金风细雨楼"在苏梦枕领导下，已迅速冒起，席卷半壁江山，而"六分半堂"，势力更快速拓展，并吞掉原属"迷天盟"的多个地盘。

"迷天七圣盟"已处于全面挨打的境地。

其时，"有桥集团"正在蹿起，可是面对"六分半堂"雷损在组织上铜墙铁壁，以及"金风细雨楼"苏梦枕的巩固江山，"有桥集团"的方应看和米苍穹，还真无隙可趁、无法可施。

唯一的方法，便是乘人之危、趁火打劫：把积弱临危的"迷天盟"灭掉，自行取而代之。

方应看得米公公指示，一切成功得先从团结开始，一切败亡乃先自内乱伊始——他收买了张铁树和张烈心。

事实上，当时的情况，也不允许"铁树开花"不接受"收买"，更不容他们自恃节操、自命清高。

因为二圣主"长尾煞星"闵进，就是拒绝了方应看的"收买"，而死得不明不白。闵进一死，大圣主颜鹤发趁热引入了他的心腹：朱小腰，当上了二圣主。

但这时大势已显。

"迷天盟"败象已露，疲态毕呈，但仍有死尽忠心的人物，诸如五三圣主等人。

为了贯彻"活下去，而且要活得更好"，张氏双雄只好暗中投靠了"有桥集团"。

他们有了米有桥派系的暗里支持，自然更加能讨好关七。

关七这时已心无大志。

他"见"前途如此苍茫，故而只顾眼前欢娱，余事已无心打点。

烈心、铁树，正好投其所好。

他们接得的第一个任务，便是除去原来的五圣主"水晶狂魔"吕破军，以及"黑面神君"张纷燕。

张纷燕和吕破军便是因此而命丧于自己人暗算的手中。

死得甚冤。

杀了这两个人之后，张烈心、张铁树也不知"人命由人不由人"，只知眼前那一条路已摆明了，没别的路走了，若有，只这一条活路，其他的都是死路。

——原来只求活下去和好下去,通常也要付出那么大、那么可怖、那么不可思议的代价的!

到最后,他们自然图穷匕现,叛了关七,也引关七步入歧途。

——其中最重要的一役就是,将关七引入破板门、三合楼,让他独战群雄。

疯狂癫痴的关木旦,跟当时京师一系最拔尖的高手,诸如苏梦枕、雷损、白愁飞、狄飞惊、王小石会战,那是必败必亡的。

方应看和米有桥就没把握打杀关七,所以才设计的"金风细雨楼"和"六分半堂"的绝顶高手联手除去此人的!

可是,惊人的是,关七虽然已半疯近癫,但武功仍然高绝。

高到巅峰。

高到绝顶。

——居然合苏、雷、王、白、狄五人之力,依然杀不了关七。

尽管在决战之前,以防关七痴狂杀害自己盟内兄弟为由,让他任由新任的五、六圣主在他手足上锁链下了禁制,还下了蛊、毒及咒语,但大家依然收拾不了他、打不过他。

要不是他着了雷殛,死的恐怕反而是那一系围剿他的人。

连在暗中窥视,要目睹关七在群雄围攻下授首的方小侯爷,忽也动了不忍之情:

——这人武功高极,且已得了失心疯,若尽为我所用,"有桥集团"还怕不大成!

——是时,"有桥集团",那时就可以名正言顺也顺理成章地易名为"笑看集团"了!

——米有桥要我除去关七这头号大敌,我若用而不杀,有了关七,还非要留米苍穹这老狐狸不可么?才不!

——把我的势力称为"有桥集团",也不过是一种笼络这老贼的手段和手法而已!

——早该易名了!

——也早就应该正名了!

——关七武功那么高,而且又受了重伤,现在留他,既不怕他反面,又可使他感恩,正是时候!

这是方应看当时的想法。

所以他立施暗号,让张氏双雄,临时改变计划:

——救走关七!

于是他们放出了"毒雾"。

雨雾。

方应看暗中亲自接走、也劫走了关七。

可是,他始终制不住关七。

关七神志时好时坏,但就是不肯认伏,也不肯为人所用。

方应看既驾驭不了关七,又深觉此人极有可资利用处,故也不忍杀之。

于是关七就成了方应看的"烫手山芋"。

方应看无法纵控关七,使他深深地且分外地感悟和体会到:

要独霸天下,自立为王,且要摸抚米苍穹那一股老派朝廷势力,就得要自强不息。

——若有关七的绝世武功,何事不能成!

于是他把着眼点放在元十三限的绝世武功:"伤心小箭"上。

他要得到"山字经"。

也要得到"忍辱神功"。

他深谋远虑、不择手段地去获取这些武术秘诀。

他忽略了关七。

只任他痴。

任他狂。

而这时际,张烈心、张铁树又为他人所"收买"。

这回"收买"他们的是:

蔡京。

当其时,蔡京仍居相位,举国上下,他只在一人之下,而在万民之上,权大势大,莫与比拟。

对他而言,是极需要一些对"金风细雨楼""六分半堂""迷天七圣盟""有桥集团"的内部组织都十分熟悉的心腹。

——或曰"卧底"。

根据孙收皮所提供的讯息:莫北神和"铁树开花"都是极佳的人选。

莫北神握有"泼皮风"重兵,对群雄和大局有举足轻重的作用。这人先是苏梦枕的亲信,苏失势后,他不从白愁飞调度,加入了"六分半堂",成为雷纯的手下。

也就是说,莫北神对"金风细雨楼"和"六分半堂"的组织都甚为熟知,而且,按照道理,莫北神既能为雷纯、狄飞惊收买,叛离"金风细雨楼",只要能打动他,说不定也可以背弃"六分半堂",纳为自己的心腹。

只不过,当时蔡京已与"六分半堂"暗中结盟,总不好公然挖走自己"友盟"中的主将。

于是他的主意就转在张氏双雄身上。

张烈心、张铁树出身于"迷天盟",而且已晋升为圣主之一,后成为"有桥集团"中最接近方应看的护法之一,这两个是"必争"的人物。

由于方应看和米苍穹是半在朝廷、半处江湖的人物,所以,他们一切行动,还是在蔡京荫庇和默许下始能行动,只不过,蔡京一向聪敏警惕,也耳目众多,渐已发现"有桥集团"羽翼已丰,且野心不小,其志亦大,蔡京、王黼、朱勔、童贯、梁师成一党,亦心知肚明,而且这些人各拥势力,也正好借重"有桥集团"的武林力量,来牵制对方的实力。

这一来,蔡京对"有桥集团"便不好公然打杀,但一旦要"征用"集团麾下的人,只要随便找个借口,也就没什么不便的。

于是,张烈心、张铁树就这样给蔡京党人"征用"过去了。

二张也不是蠢人,自然知道你方应看、米有桥这种人,不会容纳曾背集团事二主的手下,是以一旦给"征用"过去了,日后也没多少"回头草"可吃了。

不过,对"铁树开花"二人而言,这样给"征调"编入蔡京手下任事,正是"改投明主",更是大有前程的事。

原因委实简单:

因为蔡京更有权。

也更有势。

他们附翼于蔡京,可更有"锦绣前程"了。

这正符合了他们一贯以来的心愿:

要活下去。

还要活得更好!

第捌回 天命由天 不由天！

　　缘分这回事本就是合情不合理的。——有人因为这个缘故而爱他，却也有人因同一缘故而恨他；甚至是同一个人也会因同一原因而今日恨他、明日爱他，或者今日爱他而明日恨他。

活下去和要活得更好是要付出代价的。

——对蔡京这种人而言,绝不会用对他没有用的人。

要显示自己"有用",就得要有奉献。

蔡京手下能人甚多,张氏双雄能"贡献"的就不多了。

方应看一向是个多疑的人,他把自己防守得"滴水不漏",米苍穹更是个老狐狸,二张要"出卖"他们,只怕也没啥可"卖"的。

他们"卖"不了小侯爷、老太监,只好"卖"了关七。

关七仍活着。

也仍痴着。

"落凤爪"张烈心和"无指掌"张铁树便向蔡京"举报"了关木旦给方应看"藏起来"一事。

蔡京听说关七的绝世武功,非同凡响,他决定要把关七"占为己用"。

要是用不上,至少,也让方、米二人无可用——这是蔡京的想法。

也是他的作风。

他占不了的东西,别人也甭想占。

他"盗走"了关七。

这项"行动"当然是由"二张"执行。

"铁树开花"这时已充分地洞透关七的性情,何况,当初,在他身上下蛊、落咒、施禁制的,以致关木旦神志更加恍惚的,也是他们二人的杰作。所以,他们已渐能摸清纵控挟制这绝世高手的法门。

——若不是,"六分半堂"这时候从中作梗,张烈心二人可能

就可以成功地纵控关七，为蔡京效力了。

那可是一个天大的功劳。

可惜雷纯计使吴惊涛"引"走了关七，其时蔡京正好失势，唯求自保，再难以旁顾，张铁树二人也只好徒呼奈何。

直至今晚。

今夜的月色分外好。

张烈心、张铁树二人的心情却是特别坏。

——若不是雷纯从中作梗，利用惊涛书生的"特殊灵力"，"劫"走了关七，可能关七已早为他们二人所控了。

能操纵像关七这么个人物，敢情要比手上有十万大军还有分量、力量。

可惜关七已给"盗走"。

他们好不容易才觅得他的下落。

——当然，他们也在蔡京暗中授意下，才能在今夜联袂硬闯司马温公旧宅，硬碰硬地要"抢走"关七。

蔡京失势，静极思动，他比昔时更需要武林高手来助他复出、再起。

所以他自然想到关七。

——因为江湖上已鲜有人能比关七更有分量。

他虽不在位，但仍暗权在握。

他的话就是命令。

有些人就算是失了势也失了意，但一样让人有可敬可畏可怕之处，就像一头老虎一样，就算是没有了尖牙利齿，但说什么它仍是一头老虎，杀威尚在——更何况，张铁树和张烈心这些人本来就是他的爪和牙。

"铁树开花"既然已投靠了蔡京，当然希望他能重振昔日雄风：只有主人能当时得令、咤叱风云，作为奴才的才能嚣张跋扈、张牙舞爪。

蔡京一度倒台，最令铁树、烈心失望。原本他们以为投靠蔡京一党，是最有实的了：普天之下，哪有比当蔡相门下更能为所欲为、扬眉吐气之事？就算是受皇帝老子赏识，恐怕也莫如在蔡相手上得宠来得风光。

可惜，连这样强大的靠山，也是说倒台了便倒台了。

虽然台是坍了，不过，百足之虫，死而不僵，蔡京看来是韬光养晦，徒子徒孙，依然满布朝野，只等他老人家发号施令。

蔡京看来是退了下来，却正是他大张旗鼓也是重整旗鼓之际。

——当他卷土重来，他已有足够的实力教谁人也不能让他再退下去。

其中一个"实力"的培植，就是武林高手的招揽。

招揽收买各路武林高手相助一计中，其中力争的对象自然就是关七。

蔡京可不管天意若何。

他抓紧的是自己的野心和目标，他的意思就是天意。

——因为天意其实就是人心造成的。

天威难测，但对他而言，曾长期与皇帝赵佶相处，这"天子"的意旨也没什么不好猜度的。

他认准赵佶纵有心改变，也无毅力坚持，迟早会再找他主政，让这只顾玩乐而疏于政事的皇帝继续风流快活、享受人间神仙福。

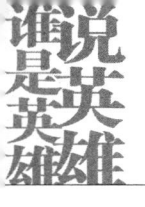

——只有他能为皇帝办到这点。

因为他已看透了这道君皇帝。

就算他矢誓声言要改革变化,到最后,变革也一定不会太大,更不会彻底。

因为变不了。

赵佶如果要重振朝纲,第一个罪恶滔天的罪犯就是他自己。

他若要革命,首先就是先宰掉自己的命。

真正与他唇齿相依,乃至唇亡齿寒的,便是蔡京。

——因为他们一同犯事、犯罪、犯上攫取国家百姓、朝廷万民的一切生命财富作为他们个人或一家一族享乐之用。

他们是沆瀣一气,也是一丘之貉。

赵佶若要改革,顶多只是一时意气,让他自己的声名不坠、威名更甚之故,只要过得早则三五个月,迟则一两年,赵佶必定故态复萌,那时,必会重新重用自己,为他扫除一切的障碍。

蔡京知道自己一定算对。

所以他定。

笃定的定。

他知道人命由天,但天命都往往由他控制,所以他也就管它的天命由天不由天,他进时广植朋党,退时养精蓄锐,以退为进,为他下一番风云,再起而筹谋运策。

于是他指定要"夺得"关七——要是"取"之不得,便杀了也罢。

张烈心二人当然全力以赴,他们自然希望能争得蔡京欢心。

张铁树二人理所当然地希望蔡京能东山复出,呼风唤雨,尽管,蔡京老是在别人劝他应积极谋取重出主掌政局时只微笑表态:

"我曾咤叱风云,也曾风云再起,但而今只想笑看风云,无意再盖云覆雨矣。"

——要真的是这样,铁树、开花可是最不愿见的。

"迷天盟"全盟崩溃后,"铁树开花"因曾有出卖过"七圣盟"的纪录,以方应看为人精明清醒,在予以奖励后,果不再予以重用。故在蔡京未收买他们之前,他们也一度想起投靠移守局面的"六分半堂"和实力正迅速蹿升的"金风细雨楼"。

不过,张铁树认为,雷损已死,雷媚背叛,雷动天负创未愈,元气大伤,狄飞惊半残不废,雷纯只一弱质女子,要主持大局,只怕力有未逮,"六分半堂"之前程远景,可思过半矣。

故张铁树坚不加入"六分半堂"。

张烈心本有意向"金风细雨楼"靠拢,但不久后,白愁飞叛变,迫走王小石,狙杀苏梦枕,"风雨楼"陷于内讧,最后苏白齐死,王小石独主楼、塔,二路并进,张烈心却极不喜欢王小石的行事作风,故抵死不肯加入"金风细雨楼"一系。

他不喜欢王小石的原因,十分简单直接:他是从"王小石"的名字开始,已十分讨厌这个人了!

他自己也不太清楚其中原因,直至有一天,张铁树半开玩笑地对他说:

"我看王小石这个人不致如此可厌吧!你那么憎恶他,敢情是为了他的名字之故。"

"他的名字?"

"他叫王小石。把你给害得家破人亡的仇人,就叫作王小七。"

一语惊醒梦中人。

说来也是。

但张烈心还是说什么都对王小石喜欢不上来。

——人与人之间的缘分，有时是很古怪、有趣的事。有些人，你会毫无理由地喜欢他，可是有些人，却一见便十分讨厌。

张烈心便因此绝不肯加入"金风细雨楼"，这跟唐宝牛和方恨少等人恰好相反：他们是因为王小石而加入"金风细雨楼"而不舍不弃的。

可能，里面还是有原因的。

——张烈心是因为痛恨使他家破人亡的大仇家"小霸天"王小七之故，而方恨少与唐宝牛，则一向有个十分刚猛凶悍的结义大哥沈虎禅，他们虽十分尊敬崇仰这个了不起的"老大"，但王小石的温和亲切、平易近人，都恰是他们在沈虎禅严厉刚烈的作风中所匮乏的。

这本来就是件奇怪的事。

缘分这回事本就是合情不合理的。

——有人因为这个缘故而爱他，却也有人因同一缘故而恨他；甚至是同一个人也会因同一原因而今日恨他、明日爱他，或者今日爱他而明日恨他。

张氏双雄为了要"爬上来"，一度加入过七八个帮会，也加入过镖局，从趟子手做起做到副总镖师，甚至也一度替笑脸刑总朱月明执过辔，为方应看方小侯爷赶过车，到最后，他们到底还是在蔡京麾下任事，而且，还是得负责跟进关七的事——不管他们是在刑部（监视关七）、"迷天盟"（服侍关七）、"有桥集团"（劫持关七）抑或是蔡京一党（控制关七），其结果和对象都是一样。

是以，他们二人，对关七自是又恨又爱，甚至说，他们的命途可以说是：

成也关七，败也关七！

他们好不容易才从蛛丝马迹中探悉："六分半堂"将关七安排的藏身之处。

他们因极然知关七性情，所以做出两点结论：

一、六分半堂劫持关七，最主要的目的，当然是要利用他。

——利用他的武功、他的身份和他的影响力。

尽管"迷天盟"而今已四分五裂，但仍在江湖上、市井中、黑白道保存了不少残余的势力，像忠心耿耿之如陈斩愧、厉焦红等，仍枕戈待旦，只等关七一声号令。

如果要利用一个已完全疯狂了的关七，那只是敌友不分，毫无意义且相当冒险的事。

要利用关七，就一定要抑制住他的疯性狂态。

据他们所知：关七并不是全疯。

他只是痴。

他痴于一个女子。

——这女子是谁，他们也不确定，只知道关七常念着两个字："小白"。

——小白，小白，小白，小白……

那应该是一个人的名字。

——而且照推断还是一个女子的名字。

小白。

——小白到底是谁？

不知道。

可是烈心、铁树却分明知晓：

关七的神志，时好时坏，有一半可以说是思忆这"小白"所造成的。

关七也不是常常都不清醒的，他有时候，经过一些地方，甚至好像是给什么东西吸引了，受到了什么事物召唤似的，他会走到一些比较奇特的地方，在那儿求生、调息、吐纳、运功，那些时候，他的神志，就一定清醒多了，甚至行动一如常人。

而且，武功之能，也达至巅峰，令人叹为观止。

可是他武功愈高，却愈痴，愈是念念有词那人的名字。

小白、小白……

——小白是谁？

谁是小白？

在远方洛阳古城，确有位"黑旋风"小白，名动江湖。

但关七所思念的绝不可能是他。

因为他是个男的。

而且根据二张的调查：洛阳小白根本没见过关七，而关七一生中既未到过洛阳，对小白也非亲非故，素昧平生，甚至听到"黑旋风"这绰号，也完全无动于衷。

于是，铁树、烈心把调查的重心改放在治愈关七（或至少使关七没那么疯）这一点上，就发现了：关七到过的地方，诸如晶石山洞、矿坑、火山口、庙堂、古宅、古迹乃至当年名人烈士的故居旧屋，他的"病"都会神奇地"好"了起来。

更重要的是：

还功力大增！

——这样的一个绝世武痴、清醒了，但又不完全清醒，然而武功却更高绝，这就是御使之的最好时刻、绝佳时机！

"六分半堂"在刑部、"风雨楼"、蔡京等人和"迷天盟"各路残部监视之下,要把关七这样一个桀骜不驯的人,运出京师,只怕不易。

故而关七极可能便在京里。

大隐隐于市。

在城里,这样特别的地方,也不算太多、太杂。

一下子,铁树、开花便收拢了搜寻的范围。

二、第二个推断是一个问题。

只要回答得了这个问题便可以有寻索关七的线索。

问题很简单:

在京城里,除开花、铁树之外,谁还可以解关七疯疯痴痴之禁制?

有。

几个人:大石公、诸葛小花、元十三限、树大风,以及还有一个人:

吴惊涛。

——他擅"活色生香"功法,"欲仙欲死"神功,以晶石灵力练得盖世奇功,说不定,自可以制造出一种磁场、念力,使关七神志稳定,但依然为其所御。

诸葛小花没有找着关七。

他似乎与这件事无关,甚至不想插手这件事:

——他毕竟是太傅身份,加上又领御大内禁军,手下有四大名捕,总是顾惜身份,不宜涉及太多武林斗争。

关七不只是武林人,而且绝对可以说是黑道上的枭雄。

诸葛正我老稳世故,自然懂得进退之道,他与之周旋、争斗

的人物既是蔡京、王黼、梁师成这种人物，自然就深谙活命存身之道。

——像这种事，他多袖手不理。

大石公是他的至交，也与诸葛先生是同一派系的人。

大石公也理应无涉此事。

元十三限已殁。

树大风已成了"六分半堂"的人，他们当是盯着这个人。

——若树大风的医术再加上吴其荣的功法，要治愈和纵控关七，绝非难事。

基于这两点，开花铁树二人，一个盯紧了"地点"，一个盯死了"人"。

终于成功。

他们终于发现吴其荣屡次在这司马温公旧宅出现。

他们也在这月明之夜找着了关七。

于是，他们就在这古宅内斗起法来。

按武功，铁树开花自非吴惊涛之敌。

可是惊涛书生要分心于关七。

恰巧，不知是源自什么感应力量的号召，驱使孙青霞和戚少商就在这上面的屋檐做出一场龙争虎斗。

这使得杀气充溢。

煞气暴增。

剑气纵横。

侠气峥嵘。

就在惊涛书生吴其荣与张汉、张威互斗之际，关七已冲破禁制，震降屋瓦，冲上屋顶。

同时也会上了戚少商、孙青霞、朱月明、雷滚、狄飞惊、无情这一等一流一的好手。

这一来,关七的功力更被激发。

斗志大盛。

杀性也完全流露。

汉、威和吴书生造此意欲合作联手,先行制住关七的狂态再说,却已无及。

关七好比冲出樊笼的飞鹰,鹰击长空,翱翔九天,再也收不回来,抓不回去。

就在此刻,关七以一口血箭,把张铁树打得于惨呼声中滚下屋檐,以十数记"惊神指诀",对峙吴惊涛的攻势,再以一指"惊蛰",飞袭张烈心。

这使得张烈心只好硬着头皮,面对这一指。

而这一指却使他蓦想起一个人:

一个他一直就怕会死在他手里的人,但又一定不会死在他手上的人。

一个白衣白袍、冷漠孤傲、志大才高的人:

白愁飞!

——想飞之心,永远不死的白愁飞!

　　稿于一九九五年六月一日至四日,对名利,已满足,别无求／读友热情大包围／采妮任品,市在眼底／静安公园吹泡泡／往拜静安古寺,感应强,高僧特邀我上香／发现星洲《联合早报》正连载我之《跃马乌江》／端午节,蒋总亲招待,热诚可感／首次在沪接受访问、拍照、识濮洪康、胡晓芒／姊等入住银河,亦有读友守驻／决仍留虹桥／不接受李、王邀约,明智／柜台大签名,满足读友要求／小沈、小利合照／游豫园／女读友入访遭挡驾／房租大优待／赴文庙书市造成大轰动,连签数百读友名,烦友谊主持王友力开路,公安保护,始出"重围"／写作至此,得逾所应,收获远大于期想,自惭当勉／学林金桂林邀约出版我书／秀芳姊亲睹神州读者之回响,感慨,惜双亲均不在,憾／小谈丽芹／书送姜燕／何一柱又发现内蒙古远方出版社盗印《刀》《剑》《枪》《逆水寒》／梁臭水、何糯筋在申城十分得力、落力／何包旦在上海"很有名"。

校于一九九五年六月五日至九日,蒋永庆大请宴,十分和谐畅快／与蒋总、家姊、素馨、何买小、梁开大、章益新、吉顺芳晚宴甚欢／珊书已寄到,幸海关读友通融,及时取得／意欲出行,吉得悉,获蒋示,备车导游／引孙大口来沪／何好赌、梁盖蛊联系上周清霖／一游江南／玩大观园／经朱家角、曲水园,拜报国寺／闻曹正文写我书评专集／奥斯汀遇美／自沪返港,成功顺利／圳机场有大量我书陈列出售／与汀H今口／本有离情别绪,全因梁有命搞事搞砸／申城十三天行喜出望外开心结束。

图书在版编目（CIP）数据

群龙之首. 2 / 温瑞安著. -- 北京：作家出版社，2022.5
（说英雄·谁是英雄）
ISBN 978-7-5212-1893-0

Ⅰ.①群… Ⅱ.①温… Ⅲ.①侠义小说-中国-当代 Ⅳ.①I247.5

中国版本图书馆 CIP 数据核字（2022）第 069994 号

说英雄·谁是英雄：群龙之首（第二卷）

| 作　　者：温瑞安
| 责任编辑：李宏伟　秦　悦
| 装帧设计：合利工作室
| 出版发行：作家出版社有限公司
| 社　　址：北京农展馆南里10号　　邮　　编：100125
| 电话传真：86-10-65067186（发行中心及邮购部）
| 86-10-65004079（总编室）
| E-mail: zuojia@zuojia.net.cn
| http://www.zuojiachubanshe.com
| 印　　刷：三河市紫恒印装有限公司
| 成品尺寸：142×210
| 字　　数：171千
| 印　　张：7.5
| 版　　次：2022年5月第1版
| 印　　次：2022年5月第1次印刷
| ISBN 978-7-5212-1893-0
| 定　　价：48.00元

作家版图书，版权所有，侵权必究。
作家版图书，印装错误可随时退换。